文学的品位

[英]阿诺德·本涅特——著
姜忠伟——译

古吴轩出版社

图书在版编目（CIP）数据

文学的品位 /（英）阿诺德·本涅特著；姜忠伟译. --苏州：古吴轩出版社，2021.1（2022.3重印）
ISBN 978-7-5546-1652-9

Ⅰ. ①文… Ⅱ. ①阿… ②姜… Ⅲ. ①文学欣赏 Ⅳ. ①I06

中国版本图书馆CIP数据核字(2020)第233521号

责任编辑：韩桂丽
见习编辑：李　倩
策　　划：夏孝萍
装帧设计：白砚川

书　　名：文学的品位
著　　者：[英] 阿诺德·本涅特
译　　者：姜忠伟
出版发行：古吴轩出版社
地址：苏州市八达街118号苏州新闻大厦30F　邮编：215123
电话：0512-65233679　传真：0512-65220750
出 版 人：尹剑峰
印　　刷：无锡市证券印刷有限公司
开　　本：880×1240　1/32
印　　张：7
字　　数：109千字
版　　次：2021年1月第1版
印　　次：2022年3月第2次印刷
书　　号：ISBN 978-7-5546-1652-9
定　　价：49.00元

让阅读像呼吸一样自然

目　录

读书这件好事

写作这门手艺

读书这件好事

为什么阅读？

在开始之前，我们先要澄清一个概念上的误区。即使不是大部分人，至少也有许多人都将文学品位看成是一项优雅的成就，他们认为获得这项成就能够完善自己，让自己最终符合上流社会成员的身份定位。他们内心会为自己不懂文学而感到羞愧，其程度之深就跟他们不懂其他高雅的娱乐活动一样，或者在突然要骑马的场合里，他们却不会骑一样。确实有些事情是每个人都应该知道，或者稍微了解一点的，文学就是其中之一——这是他们的想法。他们穿着得体，并且在所有场合都行为得体。他们对这个问题确实非常上心。他们以勤奋和开拓的精神完成自己的使命，并且理所当然地认为，熟悉文学是任何自尊自重的人士必不可少的特质。绘画不重要，音乐也不太重要，但每个人都应该懂点文学。何况文学还是一项非常迷人的休闲娱乐！因此，文学品位有两个功能：作为上流社会的认证以及私人的娱乐消遣。我认识一个年轻的数学教授，他精通数字和游戏，是一个国际象棋高手，还能够演奏海顿的小提琴作品。有一次，在听到别人谈论书籍之后，他对我说："是的，我必须开始研究文学。"言外之意好像是"我几乎遗忘了文学。我之前都把精力花在研究其他东西上，以后我将开始研究文学"。

这种态度，或者任何类似的态度都是错误的。对那些真正理解文学是什么以及知道文学作用的人来说，这种态度不仅显得荒唐可笑，而且还会对文学品位的养成造成"致命"影响。文学确实是完美的消遣方式，文学品位也确实具有无与伦比的优雅和力量，能够折服那些自诩有教养而且装腔作势的人群。但一个人如果仅仅把文学品位当成是一项成就，把文学当成一种消遣的话，那么他既无法获得这项成就，也无法真正体会其快乐之处。文学并非任何附属品，而是完整的人生最基本的一个必要条件。我极力避免夸大其词。我可以毫无愧疚地宣称，那些还没有感受过文学带来的自由的人，如同还没有从他们母胎的沉睡中苏醒——他根本还没有“出生”，他看不到，也听不见，不管从哪种意义来说都感觉不到真实的生活，他只会埋头于食物之中。对那些知道文学真正作用并且从中受益的人来说，最让他们感到恼怒的是，成千上万的人都生活在幻觉里，这些人以为自己真的活着，事实上却跟冬眠的熊一样活得浑浑噩噩。

我将会告诉你什么是文学！不——我倒是希望自己有这种能力。但我没有，也没有人能做到这一点。这是一个未解之谜，我只能尽量给你一些启发，除此之外别无其他。我将努力告诉你我知道的东西。在这个过程里，我会带你回顾或者展望自己的人生。假设你有一位无话不说，或者几乎毫不隐瞒任何事的朋友，某一天晚上你跟他出去散步，你想隐瞒困扰着你的心事，但不知道怎么，你被无法抵抗的魔力所控制，开始转到这个话题上。你的挚友对此深表同情并且言行谨慎，他表现出的恭敬的好奇心让你大为受用，你继续谈论着这个话题，声音越来越低，最后你忍不住低声喊出自己的心声："兄弟啊，她简直就像是奇迹一般!"那一刻，你就身处文学领域之中。

让我给你解释一下其中奥妙。当然，在普通人眼里，她平平无奇。你的挚友从来没有发现她有什么不可思议的地方，城里四万名目光敏锐的居民也没有发现她有什么特别之处。她只是一个女孩，没有能够引发特洛伊战争的美貌。一个女孩是不能被称为奇迹的，不然，你几乎可以把所有东西都称为奇迹。但事实就是这样，你可能这么做，你可以这么做，你也应该这么做。宇宙中充满无数奇迹，你只是刚刚唤醒其中一个。你为自己的发现兴奋不已，有一股神圣的冲动驱使你将其发泄出来。你还强烈感受到某件事物惊人的美丽，觉得自己必须跟他人分享。你对这个东西充满激情，必须向别人吐露你的情绪。换句话说，你被人性中普遍的美所吸引。然后你整理自己的心情，把这些都告诉自己的挚友。他知道她不是一个奇迹，别人也不能让他相信她是一个奇迹，但通过强烈、真挚的想象，你可以做到。你满怀热情地让他进入你的想象之中，一段时间之后让他也开始觉得，自己确实没有发现那个女孩是一个奇迹。

你正在创造文学。你是活着的。你的眼睛已经睁开，你的耳朵也开始聆听，你开始探索某种美以及这个陌生的世界，内心有种强烈的冲动迫使你告诉别人。仅有你自己看到和听到远远不够，其他人也要看到和听到这些，其他人也要被唤醒。虽然我不太确定，但第二天或者下个月的时候，当你的挚友看到他心仪的女孩时，他可能突然意识到她也是一个奇迹！这就是文学的影响力！

文学家是那些已经看到和感受到这个世界神奇趣味的人。最伟大的文学家是那些视野最为宽广，感情最为强烈的人。你自己一时的洞察可能只是出于偶然，并且转瞬即逝，但文学家的一生都充满乐趣，他们不断否认这个世界是一个枯燥无味的地方。难道对你来说，知道这个世界并非枯燥无味，一点意义都没有吗？当你离开隧道走到山坡上，所有的感觉都变得更加敏锐，精力也因为真实的生活变得更加蓬勃，你感受着自己心脏的蓬勃跳动，这些对你来说也没有任何意义吗？文学家会赋予你他们亲身体会的感受。

文学研究不是为了休闲娱乐，而是为了唤醒自己。它是为了活着，为了强化自己感受快乐的能力，为了更富有同情心，为了理解他人。文学对人的影响不局限于某一刻，而是每时每刻。它会彻底改变一个人与这个世界的关系。理解并鉴赏文学就等于理解并鉴赏这个世界，除此之外没有其他含义。你的生活不再是孤立而且分离的生活片段，而是与其他人的生活息息相关，所有人的生活都被整合到一起，形成一幅相互关联的综合性地图。文学的精神就是统一，它将暗淡烛光与璀璨星光融合在一起，通过某个意象的魔力证明更伟大之物的美丽在于细微之处。文学的作用不仅局限于披露美丽以及将其关注视野之内的所有事物都整合到一起，它还能通过追寻事情的所有前因后果，提高人们的道德智慧。它能给人带来双重安慰，既能启发未知的美丽，还能证明个人的命运就是所有人共同的命运。这是探索者的至高呼喊，以统一的姿态向你提供支持并且寻求支持。人们在参加大学拓展课程讨论莎士比亚的剧情时，或者研读乔治·塞恩斯伯里（George Saintsbury）① 的作品追寻英语韵律的起源时，或者研究卢梭到底是不是一个流氓时，早已经忘记了什么是真正的文学以及其代表的意义。应该提醒人们的是，文学从始至终都是一种生活方式，想要塑造自己的文学品位就是在学习如何很好地实践这种生活方式。那些没有真正活过的人，那些没有强烈感情只会“冬眠”的人，对他们来说咀嚼文学是明智之举。引用一首优秀诗歌里的精彩片段，他们最好“坐下来吃些黑莓”，“普通的灌木与上帝一同燃烧”的场景可能会触动他们的神经②。

① 乔治·塞恩斯伯里（1845—1933），英国文史学家、评论家。

② 此处引用的两句诗出自勃朗宁夫人的《奥罗拉·利》，原文为：Earth's crammed with heaven，and every common bush afire with God. But only he who sees takes off his shoes，the rest sit round and pluck blackberries.

你的阅读个案

普通人对自己本民族经典的态度就是不信任，甚至是怀疑。我不会拿莎士比亚举例，因为大家上学时都学过莎士比亚。这也就是说，教育委员会和所有权威的教育学家合起伙来，决心让莎士比亚成为所有孩子一生的噩梦。〔感谢他们大发善心没有“教”布莱克（Blake）①。〕我会拿托马斯·布朗爵士（Sir Thomas Browne）② 举例，普通人对他没有痛苦的童年回忆。比如，有个人曾在某个地方读到过“托马斯·布朗爵士的文风在英语文学里无与伦比”。有一天，他恰好

---

① 威廉·布莱克（1757—1827），英国浪漫主义诗人，其代表作有《纯真之歌》《经验之歌》等。

② 托马斯·布朗（1605—1682），英国医师、作家、哲学家，其代表作有《瓮葬》等。

在书店内看到橱窗里摆着《医生的宗教》(或者他可能在橱窗外看到这本书,因为他可能没有去书店的习惯),他买下这本书决定尝试阅读一下。他没有指望自己会着迷,内心有一种强烈的直觉告诉他,托马斯·布朗爵士不是他的菜,但结果远比他想象的还要糟糕,他提不起一点兴趣。他读了简介,翻看了开头的一两页,入目所见都是文字。无论如何,这本书对他都没有吸引力。他被树木环绕,看不见整片森林。他把书放到一边。如果以后恰好有人提到托马斯·布朗爵士,他会说:"是的,非常棒!"他很自豪自己不管怎样还是买下并浏览了这本书,但在内心深处,他会觉得那些对托马斯·布朗爵士感到狂热的人虚荣自负而且装腔作势。大概一两年之后,当这个人从托马斯·布朗爵士带来的挫败中走出来之后,如果他仍然年轻而且充满希望,他可能再次尝试阅读康格里夫(Congreve)① 或者艾迪生 (Addison)②。但结局却是

---

① 康格里夫(1670—1729),英国剧作家。
② 约瑟夫·艾迪生(1672—1719),英国散文家、诗人。

一样的！这样过去十年，他与经典作品的交集宣告结束！杂志和一些新近出版的小说，就是普通人所有的文学历程。

你虽然发自内心喜欢文学，但也可能与这些普通人单调乏味的阅读经验有令人不安的相似之处。不管怎样，你都无法像对待当代作家写的新小说一样满怀热情地对待经典文学，而且当代小说家更能博得你的喜爱。当你在床上阅读吉本（Gibbon）① 的《罗马帝国衰亡史》时，你从来不会对自己说："好吧，睡前我必须再读一章！"总的来说，经典文学无法给你提供与其名望相匹配的愉悦。你之所以阅读它们是出于一种责任感，觉得自己是在做对的事情，是在提升自己，而非感受快乐。你不会乐在其中，而是会说："这对我有好处。"你做了一些阅读计划，然后又为自己无法完成计划找借口。一些新近出版、与经典无关的书籍，毫无疑问会让你远离经典作品。你当然可以轻

① 爱德华·吉本（1737—1794），英国历史学家，欧洲启蒙时期的史学代表人物。

易假装自己认同别人的判断，认为《克拉丽莎·哈洛》[1]是世上最伟大的小说之一，但吉卜林（Kipling）[2]的新作或者是一些新近出版的杂志会让你忽略《克拉丽莎·哈洛》，而且吉卜林等人过不了几天也会让你觉得无聊。因此你必须给自己定下规矩，比如，每天要先花一个小时阅读理查森或者吉本的作品，然后再读其他的。这就证明你将经典当成药丸，吞掉它能够给你带来好处！文学作品距离你的时代越近，它看起来就越具有现代的气息，与几个世纪前的经典相比，对你而言也就更易阅读、更有吸引力。因此你很高兴乔治·艾略特（George Eliot）[3]、勃朗特姐妹[4]以及萨

---

① 英国小说家塞缪尔·理查森创作的书信体小说。塞缪尔·理查森（1689—1761），18世纪英国著名小说家，作品有《帕米拉》等。

② 约瑟夫·鲁德亚德·吉卜林（1865—1936），英国作家、诗人。

③ 乔治·艾略特（1819—1880），英国作家。

④ 勃朗特姐妹，英国文学史上三姐妹的合称。她们分别是夏洛蒂·勃朗特（1816—1855），著有《简·爱》；艾米莉·勃朗特（1818—1848），著有《呼啸山庄》；安妮·勃朗特（1820—1849），著有《艾格妮丝·格雷》。

克雷（Thackeray）① 的作品被当成经典，你是真的喜欢它们。你对这些作品的情感跟你对杂志上“绝妙的好故事”的情感差不多。

我可能夸大——或者低估了你个人情况中令人不满意的地方，但也有一种可能，我让你开始意识到自己模糊的形象。你不想承认这点，但事实就是如此。你对自己感到不满意。想要更精通文学的愿望萦绕在你的心头。你觉得自己哪里出了问题，却找不到症结所在。而且你觉得自己有点像骗子。内心有一种想法迫使你对经典抱有热情，但你真心感觉不到这种热情。你甚至努力说服自己正享受这本书，而下一刻你就会半途而废并且把它抛到脑后。你偶尔还是会买经典文学，但一点也不会读；事实上你已经决定，拥有这些书就够了，拥有的经典越多，就越能给你带来威信。真相是，你确实是个骗子。你的内心因此变成悔恨的海洋。你会反思：按照马修·阿诺德（Matthew

① 萨克雷（1811—1863），与狄更斯齐名的英国小说家，代表作是《名利场》。

Arnold)① 的说法，我应该对华兹华斯（Wordsworth）② 的《序曲》感到极度亢奋，但我却没有。为什么呢？为了对华兹华斯的《序曲》产生狂热，我要就此开始学习，进行广泛的研究吗？或者我虽然具有朦胧的渴望，但天生就没有品味文学的能力？我非常喜欢赫伯特·乔治·威尔斯（H. G. Wells）③ 在《斯特兰》杂志上写的小说《盲人国》，也真的很想像那样欣赏华兹华斯的《序曲》……是的，我相信你在对自己不满意的时候，内心会对自己说这些话；我还相信我已经诊断出了你的症状。

塑造文学品位这件事应该令人感到愉快，如果不是，那就不可能成功。但这不意味着这件事容易或者简单。很多人都想要在打高尔夫时打出标准成绩，而这需要踏实规律的训练。这一点一定要牢记于心！你的雄心如此伟大、如此有影响力，如果只是断断续续

① 马修·阿诺德（1822—1888），英国诗人、评论家。

② 威廉·华兹华斯（1770—1850），英国浪漫主义诗人。

③ 赫伯特·乔治·威尔斯（1866—1946），英国小说家，与儒勒·凡尔纳并称为“世界科幻小说之父”。

而且三心二意地努力，你当然无法真正领悟它。你必须有坚定不移的决心，必须有高远的志向，必须以崇高的姿态面对这项崇高的事业。你应该在日记上标出这一天作为仪式。人类天生懦弱，即使是在追求幸福的时候，也需要外在的帮助。时间对你来说必不可少，你要慎重且规律地划分时间。许多人都承认自己做不到规律生活，规律性让他们感觉麻木，而我觉得只有少部分人确实是这样，大多数人之所以拒绝规律性，只不过是为自己的懒惰寻找借口。我倾向于认为你个人能够做到规律生活。我确信如果你能够下定决心，每周在特定的几天拿出几小时用于塑造文学品位，你会更快实现这个目标。“下定决心”这个简单的行为会对你有帮助。这是第一步。

第二步是让周围充满图书，为自己营造一个适宜读书的氛围。单是图书本身就很重要，对新手来说这比表面上看起来更重要。理论上来说，一次只需要读一本书。一个业余的文学爱好者每周花六便士购买一部廉价版的经典文学作品——相当于每天花不到一便士——便能提升自己的文学品位。他可以把这些书放到帽子盒或者饼干罐里。这样做看起来简单，但在现实里能做到这一点的人，他的决心非比寻常。在这个过程里，他的双眼、双手和拥有书籍的欲望都需要被满足。获取文学作品势必要付出代价，但这种牺牲总是令人愉快的。为了让你进一步了解相关知识，稍后我会列出一份详细的购书单。至于眼下，只要是权威评论家认可的图书都可以购买。别管你之后要读什么书，去买就行了，在财力范围内让自己身边堆满图书。至于阅读，我只会特意嘱咐你进行广泛和综合性的尝试，只有这样你才能熟悉所有的文学类型。查阅钱伯斯（Chambers）的《钱伯斯百科全书》① 可能是一项非常好而且有趣的事情，我尤其推荐第三卷。某些作家独特的魅力可能让你感兴趣，你可以记下这些作家的名字。

① 《钱伯斯百科全书》是现代英国最重要的大型综合性百科全书之一。后文简称《百科全书》。

经典何以是经典？

绝大部分市民关注文学就和关注飞机或者立法项目一样——他们没有彻底忽略这些东西，也并非完全不在意，但他们确实兴趣不大而且敷衍了事。即使他们恰好兴趣盎然，这种激情也维持不了太长时间。十年前，有二十万人狂热追捧一本流行小说。如果你现在问这本书怎么样，他们会回答已经把它彻底遗忘了，而且和斯塔布斯（Stubbs）① 主教的《宪章精选》一样，他们不会想要重读。即便他们真的再次读了这本书，可能也不会喜欢它了——并非这本小说比十年前逊色了，也并非他们的品位提升了——因为他们没

① 威廉·斯塔布斯（1825—1901），英国主教和历史学家，以研究中世纪英国宪法史闻名。

有足够的实践，无法从自己的品位中获得持久的愉悦。他们甚至不知道，第二天有什么东西能取悦他们。

面对这种情况，有人可能会问：为什么经典文学作家能够获得伟大的名声和广泛的认同呢？答案就是：经典文学作家的名声完全不受大众支配。如果莎士比亚的名声要靠街上的路人维持的话，你以为他能火两个星期吗？经典文学作家的名声，是靠狂热的少数派人群发掘并且维持的。一位一流的作家即使在世时获得巨大成功，也远不会像二流作家那样被大部分人发自内心地欣赏。是狂热的少数派用自己的热情巩固了他的声望。如果一位作家死后才逐渐成名，这种幸福的结局只能归功于少数派近乎顽固的坚持。这群人无法扔下他，也不会这样做，他们不断品味他的作品，谈论他，购买他的书，通常会表现出狂热的激情。他们非常有权威又如此自信，最终大众逐渐习惯听到这个作家的名字，并且不动声色地认同他是个天才；但其实大众对他是不是个天才根本不在意。

正是得益于狂热的少数派人群的努力，天才之名才能够代代相传、薪火不息。这些少数派一直在行动，总是重新发掘天才。他们的好奇心和热情无穷无尽，因此很少会遗漏真正的天才。此外，他们还一直在印证或者驳斥大众的意见。大众可以让人扬名，但他们太过漫不经心，很难一直维持这种声望。在某个具体的例子中，如果狂热的少数派恰好与大众意见一致，他们就会频繁提醒普罗大众某人的名声，而普罗大众也会懒散地赞同说："啊，是的。顺便说一句，我们之前已经知道他具有这种声望了。"如果没有这种持续的记忆强化，一时的声望很快就会被遗忘。狂热的少数派之所以这样做，是因为他们真的喜爱文学作品，而且文学对他们来说意义非凡。他们坚持己见，不断重复自己一贯的见解，以此征服普罗大众。你以为他们能够向街上的路人证明莎士比亚是一个伟大的作家吗？

这个路人甚至不懂他们使用的文学术语是什么意思。但一代又一代人口口相传，这个路人已经听到人们重复了上万遍，说莎士比亚是一个伟大的作家，因此他也就相信了这种说法。这种信任并非出于理性，而是出于信仰。他也会向别人述说莎士比亚是一个伟大的作家，买回整套的莎士比亚作品放在书架上；他还会去欣赏《李尔王》或《哈姆雷特》非凡的舞台魅力，回来后虔诚地相信莎士比亚是一个伟大的作家。这一切都是狂热的少数派的功劳，源于他们忍不住跟其他人分享自己对莎士比亚的欣赏之情。我这样说并非愤世嫉俗，事实确实如此。对那些想要塑造自己文学品位的人来说，理解这一点非常重要。

狂热的少数派为什么对文学如此郑重其事呢？答案只有一个。因为他们能从文学作品里感受到强烈和持续的快乐。他们享受文学带来的快乐，就像有些人享受啤酒的快乐一样。他们不断开展新的研究，不断进行自我实践。在这个过程中，他们学会理解自己，学会知道自己想要什么。当他们的经历不断丰富之后，他们的品位也变得越来越明确。他们不会朝秦暮楚、喜新厌旧。当他们觉得一本书乏味时，再多流行舆论的赞美都不会让他们觉得这本书有趣；当他们觉得一本书令人愉悦时，路人的冷淡沉默也不会影响他们坚信这是会流芳百世的好书。他们对自己的判断深信不疑。但在一本好书里，究竟哪些东西能让狂热的少数派产生强烈和持续的快乐呢？这是个难以回答的问题，直到现在也没有彻底的答案。你可能会轻易地说出真理、洞见、知识、智慧、幽默以及美等词，但这些轻飘飘的词其实没有什么说服力，而且每个词都需要进行定义，尤其是真理和美。济慈（Keats）① 在他的诗歌里，曾用天马行空的风格宣称美即真理，真理即美。这就是他知道的所有东西，或者说是他应该知道的东西。而我想要知道更多，但却始终无法得知。没有人能够确切解释，为什么他觉得一本书非常美丽，即使黑兹利特（Hazlitt）② 和圣伯夫（Sainte-Beuve）③ 也做不到。我顺手摘录了一些优美诗句：

> 世外桃源已经消逝，
> 随之而去的还有传承自远古的欢乐。

我之所以说这些句子是美丽的，是因为它们能够

① 约翰·济慈（1795—1821），英国诗人。
② 威廉·黑兹利特（1778—1830），英国随笔作家。
③ 圣伯夫（1804—1869），法国文学评论家。

带给我快乐。但是为什么呢？我们没有答案！

我只知道，狂热的少数派大体上都会同意我的看法，认为从这些句子里能够得到神秘的快感。我还坚信，这些句子以及作者的其他诗歌带给我们的鲜活快乐，最终也会让普罗大众打从心里相信济慈是一个天才。在文学领域，有一点让人感到放心，那就是狂热的少数派通常都对同样的东西感到狂热。在现实里，持续的兴趣最终通常会导致同样的判断，这其中的差别只在于兴趣广泛程度。一些狂热的少数派缺乏广泛的兴趣，或者说他们所有的兴趣都局限于一个狭窄的细分领域里，在这个领域他们没有遗漏。这些人对挖掘细分领袖天才的名声格外有帮助，比如克拉肖(Crashaw)①。他们显见的偏好不仅没有与狂热少数派的一般共识产生抵牾，反而强化了它。

少数派人群对文学拥有强烈和持续的兴趣，经典文学就是能带给他们快乐的作品。经典文学之所以能流芳百世，就是因为渴望重新获得这种快乐情绪的少

① 理查德·克拉肖（1613—1649），英国诗人。

数派人群永远保持着好奇心，能够一直参与到重新发现的过程中。经典文学不是因为道德原因而流传下来。它能流传下来，不是它符合了某些典范，也不是它被忽视从而免于迫害，而是它能够产生愉悦。狂热的少数派无法忽视它们——就像是蜜蜂不会忽视花朵一样。狂热的少数派不会因为这本书是正确的而读它，这就像是给马匹套上马车一样。“正确的东西”之所以正确，只是因为狂热的少数派喜欢阅读它们。因此——接下来就是我的重点——对于文学品位来说，最主要的核心要素就是强烈的兴趣。如果你拥有这种兴趣，其他的都会水到渠成。如果你现在无法在某些经典中发现乐趣，那也无关紧要，因为你的兴趣会驱使你获取阅读经验，而经验会教你获得乐趣的方法。你自己不知道这种隐秘的方法，这就是重点。持续的兴趣必定会带给你最强烈的快乐。当然了，条条大路通罗马，你可能采用明智或者不明智的方法获取这种体验。

从哪开始阅读？

我特别希望我的读者不要被“养成文学品位”这项事业表面上的巨大体量和复杂性吓倒，其实它并不像看上去那么庞大或者复杂。不管怎样，对没有经验的文学爱好者来说，他们没有必要用“所有类型的文学”这一想法困扰或者吓唬自己。专家和好为人师者（尤其是后者）为了方便阅读，已经将文学划分为各种大大小小的类型，比如散文、诗歌，或者幻想、哲学、历史，或者挽歌、史诗、抒情诗，或者宗教、世俗等，此外还有其他无数分类。但文学是一个无法分割的整体。所有的文学都是表达感受、激情以及情绪的，这些感情都是由生活中的乐趣所激发。是什么驱使历史学家书写历史呢？因为在研究过去的历史时，那些事件给他带来势不可挡的强烈影响。他不由自主地尝试将这些画面重组给别人看。到现在为止，如果你还无法设想历史学家是一群拥有强烈感情的人，他们在努力向别人传递自己的感情，你可以读一下吉本的《回忆录》，在书里他详述了自己如何写作《罗马帝国衰亡史》。读完《回忆录》之后，你可能再也不会把《罗马帝国衰亡史》看成是一本枯燥的作品。

适用于历史读物的规律也适用于其他“枯燥”的图书。即使约翰逊（Johnson）① 的《约翰逊字典》也充满感情。我们可以读一下序言的最后一段：“在这部作品里，你们可能会发现许多遗漏，但不要忘记这部作品实现的诸多成就……如果字典没有将我们的词汇尽数收录，那也是因为迄今为止，没有人能够做到。这可能会让那些充满恶意的批评站不住脚……”他在结尾处说：“这部作品拖延了太长时间，我想借此致敬的那些人都已去世。在我眼里，成功和失败都是空洞的字眼，因此我以平静的姿态漠视它们，既不

① 塞缪尔·约翰逊（1709—1784），英国作家、批评家。他编纂的《约翰逊字典》对英语发展具有重要作用。

害怕指责也不期望赞美。”是的，平静，而非冷淡。这段话是英语散文最佳作品之一，其标志性特征就是充满强烈的感情。你还可能在斯宾塞（Spencer）① 的《第一原理》里发现同样的品质。从蒲柏（Pope）②熊熊火焰般燃烧的讽刺诗到斯温伯恩（Swinburne）③狂热的激情，你可以在文学天地里随意发现这些品质。只有感情才能触发文学。

诗歌和散文这两种伟大的文学体裁甚至没有本质上可以确定的界限。因为散文也可能有韵律。我们只能说，诗歌可以浏览，但散文不能。这种不同纯粹是形式上的。以赛亚（Isaiah）④、托马斯·布朗爵士以及罗斯金（Ruskin）⑤ 的散文充满诗意，甚至没有几

---

① 赫伯特·斯宾塞（1820—1903），英国哲学家、社会学家和教育学家。

② 亚历山大·蒲柏（1688—1744），18 世纪英国诗人，其代表作有《田园诗集》《批评论》等。

③ 阿尔加侬·查尔斯·斯温伯恩（1837—1909），英国维多利亚时代最后一位重要的诗人。

④ 以赛亚，犹太先知，《以赛亚书》的作者。

⑤ 约翰·罗斯金（1819—1900），英国作家和美术评论家。

个诗人能比得上他们。通常来讲，作者们出于本能而选择诗歌来表达最崇高的感情。至高无上的作品在诗歌里，但最优秀的散文无限接近于最优秀的诗歌，以至于很难分得清两者。麦考利（Macaulay）① 浅薄且不公正的论述之所以能流传下来，是因为他以真实的感情进行创作；而他的《古罗马之歌》之所以被人遗忘，则是因为那不是真情实感的表达。当文学品位逐渐发展之后，不管是被抑制还是被释放，这种感情都会越来越广泛地出现在所有文学作品里。我们要寻找的就是这种品质。也正是这种品质让文学乃至所有艺术成为一个整体。

对你来说，用各种不同的法则、规定或准则将文学划分成种种类型和分支，不仅没有用而且有害。你要做的首要事情就是拥有一些文学藏书。当你切实感受过伟大作家努力想传达给你的感情之后，当你的情感变得如此多样且难测，以至你感觉需要按照名字进

① 托马斯·巴宾顿·麦考利（1800—1859），英国历史学家、政治家。

行整理和分类时，你才应该开始学习如何给文学分类并且加标签——而不是在此之前就做这件事情。各种手册指南和约定能提供帮助，但在开始的时候它们只会成为累赘。你只有先获得具体的想法，然后将这些想法加以总结，才能够真正获得整体的实用的认识。巧妇难为无米之炊，你不要担忧抽象的文学或文学理论，而是先着手阅读，就像狗咬着骨头一样紧紧抓住具体的文学作品。如果你问我该从哪里开始，我会奇怪地盯着你，就像是盯着不知道从哪里下口啃骨头的人类忠诚的朋友一样。你从哪里开始阅读一点也不重要。你可以选择自己喜欢的任何文本开始读，因为文学是一个整体。

你只需要注意一件事情，就是必须从公认的经典开始阅读，你还必须阅读现代作品。我这样说并不是要用过去的时代来贬低现在的时代。事实上，你如果希望自己最终能够拥有广泛的品位，就要警惕“现代作品无法与经典相提并论”这样的老生常谈。每个年代都有人自以为是地叹息：“是的，五十年前我们拥有一些伟大的作家。但他们都去世了，没有年轻作家崛起来代替他们的位置。”这种态度糟透了，即使不算愚蠢，也确凿无疑地表明了狭隘的品位。1959 年时，的确有阴郁和恶劣的人说：“是的，本世纪初，有斯温伯恩、梅瑞狄斯（Meredith）①、弗朗西斯·汤普森（Francis Thompson）② 以及济慈等伟大的诗人，哈代（Hardy）③ 及康拉德（Conrad）④ 等伟大的小说家以及斯塔布斯和梅特兰（Maitland）⑤ 等伟大的历史学家。但现在他们都去世了，谁还能够代替他们呢？”等到现在的一切蜕化成历史，去芜存菁之后，人们才能看到事情的原貌，发现一群真正的天才。我们忘记了那个伟大的时代同样产生了无数拙劣的文字。从一个时代到另一个时代，特定的时间段里优秀的文学作品的总量并不相等，但差别不会太大。我们可以十分确定，在我们这个时代也会诞生许多优秀的

① 乔治·梅瑞狄斯（1828—1909），英国小说家、诗人。

② 弗朗西斯·汤普森（1859—1907），英国诗人。

③ 托马斯·哈代（1877—1947），英国诗人、小说家，其代表作有《德伯家的苔丝》《还乡》等。

④ 康拉德（1857—1924），波兰裔英国作家。

⑤ 梅特兰（1850—1906），英国法律史学家。

作品，让杰出的裁判——我们的子孙后代感到惊叹。因此，在你心里要警惕这种贬低当代的想法。虽然暂时忽略当代文学，但我们要记住，其中含有的精华作品跟其他任何时代一样多。

一开始你之所以要避免现代作品，是因为你面对众多作品无法选择。没人敢说自己完全有能力在现代作品里挑出精品。去芜存菁是一个极其漫长的过程。现代作品必须经过连续几代人的不断检验；经典文学则完全相反，它已经经历过这种严酷的考验。你的品位也必须接受经典文学的检验，这就是重点。如果你不认同一本名著，这是你的问题，而不是书的问题。但如果你不认同一本现代著作，这可能是你的问题也可能是书的问题，但没有人有足够的权威来做出决断。你的品位尚未成形，它不仅需要指导，而且需要权威的指导。塑造文学品位这件事，还需要信念参与其中。最初，你可能不会太过关注某一本名著——如果你一开始确实有所关注，那就经典名著而言，你的品位开始形成——我们的假设是你还没有形成自己的品位。那么你该如何达到关注某一类经典的地步呢？

当然，主要是依靠阅读并且真心实意地理解它。在这个过程里，信念能够提供极大帮助，你在心里默念："我从知名权威专家那里了解到这本书很好，它能够给我带来快乐。因此我决心从中寻找快乐。"相信我，在构建广泛的品位方面，信念能够提供非常大的帮助，而广泛的品位能够给你带来多重快乐，但这种信念必须建立在无懈可击的最高权威之上。

如何阅读经典？

让我们先试着阅读查尔斯·兰姆（Charles Lamb）①。我选择兰姆有很多原因：他是个伟大的作家，影响力广泛，富有同情心，而且他最好的作品都通俗易懂、短小精悍。此外，还能通过他延伸到其他更复杂的问题上。现在，你可能想当然地以为查尔斯·兰姆是一本书，因为他已经到了成为经典的地步。但查尔斯·兰姆是一个人，不是一本书。对进行文学研究的新手来说，认识书背后的作者尤其重要。书只不过是这个人表达思想的载体。作者试图通过它跟你交谈，尽量向你传递他的感受。有经验的读者能

① 查尔斯·兰姆（1775—1834），英国散文家，其代表作有《莎士比亚戏剧故事集》《伊利亚随笔》等。

够从书中窥见作者，并依据书的内容产生惺惺相惜之情，这在逻辑上是合理的。但是新手则需要通过了解作者的个人生平，来帮助他们更好地理解作品。因此他会立即将这本书与某些人性化的东西联系起来，并且在心中强化“文学与生活具有紧密联系”这个核心概念。最早的文学作品由艺术家口述给观众听，从某些方面来看，这种方法很完美，但社会的变迁让这种方式难以为继。不过，我们仍然可以发挥想象，幻想艺术家正在用文字与我们说话。我们必须好好地运用自己的想象力，以此感知书背后的那个人。

阅读前我们应该掌握一些查尔斯·兰姆的生平资料。卡农·安杰（Canon Ainger）的《全国传记辞典》以及钱伯斯的《百科全书》《英语文学百科全书》里，都有关于兰姆生平短小而精彩的记载。如果你没有这几本书（但你至少应该有最后一本），你可以读一下卢卡斯（E. V. Lucas）先生[①]的《人生》，这本书描写

① E. V. 卢卡斯（1868—1938），是一名编辑。卢卡斯对兰姆深有研究，他是兰姆传记的作者以及兰姆作品和书信全集的编者。

得很全面，而沃尔特·杰罗尔德先生创作的《兰姆》定价更便宜；此外还有兰姆各版本作品前面介绍性的研究内容。事实上，要勾勒出查尔斯·兰姆的完整形象需要大量材料。你如果已经拼凑出兰姆的画像，就可以开始阅读《伊利亚随笔》了。我会选择最著名的一篇《梦幻中的孩子》。现在请放下我的书，开始阅读它吧！别说你以后会读，而是现在就行动。当你读完那篇文章之后，再继续本书的下一段。

你可能会以为《梦幻中的孩子》是一份人生档案。兰姆写这篇文章的时候将近五十岁了。你能够看出——特别是从结尾处——他哥哥约翰·兰姆的死亡让他悲痛不已，并且始终难以释怀。你会知道他年轻的时候曾经与一个叫安·西蒙斯的女孩有过一段令人怅惘的风流韵事，后来西蒙斯嫁给了一个叫作巴特拉姆的男人。你还会知道，祖母菲尔德是他童年时期对他影响极大的人之一。她是布雷克斯维尔庄园的女管家，这个庄园位于哈特福德郡，兰姆有时候也来这里度假。兰姆是个单身汉，跟她的妹妹玛丽住在一起，玛丽罹患攻击类精神疾病。在这篇文章中，你将会看到兰姆如何用无与伦比的手法，吐露他人生中不断增强的孤独感。他构建出许多父母子女其乐融融的感人场景，就是为了让你以最酸楚的方式深刻意识到他的孤寂和他曾经错过、失去之后的悲痛。这则短篇的本质就是深切入骨的悲伤。但要注意，他让这种悲伤显得美丽，或者说，他展示出了存在于悲伤之中的美丽。你看着他坐在自己的“单身汉扶手椅”上，你会对自己说：“是的，这让人感到悲伤，但不知道为什么也让我觉得美丽。”当你这样对自己说时，至少就你而言，查尔斯·兰姆已经实现了写这篇文章的主要目的。他如何精准地达成这种效果，我们无法彻底解释清楚。确定的是，他成功的诀窍之一是尊重事实。他没有故意美化他的哥哥，也没有美化他们的关系。他没有像一个多愁善感的人那样说：“没有任何事情能够影响我们的关系。”他也没有夸大自己的孤独。作为一个神志正常的人，他有太多理由倾诉他全部的不幸。他本来可以告诉你，布里奇特是一个患有精神病的杀人狂，但他没有这样做，而是说她很忠诚。他成功的另一个原因是他始终尊重美好的事情和优雅的举止，就像他描写祖母和哥哥的主要特征和布雷克斯维尔庄园及其花园时展示的那样。

然后是对孩子们的描写，这些内容既从属于全文主旨，也是全文主旨的一部分。一开始我们以为那是真实的孩子，但等到文末他们逐渐淡去时，我们才会意识到这是作者的想象。文中一再提及孩子的特点，描述准确而且幽默：“约翰笑了，好像在说：‘这看上去很傻。’”“小爱丽丝伸开她的小手”“爱丽丝娇小的右脚不自觉地开始打拍子，直到看到我严肃的目光才停下来”“约翰舒展开眉毛，努力表现出一副勇敢的样子”“约翰狡猾地把一串葡萄放回盘子里”以及“孩子们陷入哭泣……乞求我讲一讲他们死去的美丽的妈妈的故事”。还有这段非常精致的文字：“爱丽丝露出和她亲爱的母亲一样的目光，太过温柔而让人无法责备她。”兰姆在烘托最根本的肃穆氛围时，还顺带激发你以一种全新的、更加强劲的视角体验孩子们伤感的美丽——他们的模仿，他们直白、慷慨的情感，他们对正确的渴望以及他们天真地想要摆脱悲伤寻求快乐的样子。你几乎可以像兰姆一样，满怀柔情地亲眼看到这些孩子。之后的日子里你只要看到其他孩子，就会想起兰姆笔下童年的魅力。兰姆跟你共享了他眼中的美丽。如果你已经有了孩子，可能日复一日的相处已经让你对孩子的魅力感到麻木，但兰姆让你重新意识到他们的魅力。我们尤其要注意，兰姆在多大程度上成功塑造了孩子的形象，就在多大程度上成功实现了主要效果。孩子们看起来越真实，最后我们知道他们不存在，兰姆自己也从来没有孩子时，故事就越动人。如果故事里他们“死去的美丽的母亲”让你感动，当你得知这个原该成为他们母亲的女孩既没有死，也不是兰姆的妻子时，你就会更加感伤。

读完这篇文章会让你深思不已，你将会看到真诚、不夸张地叙述真实的感情带来的冲击多么巨大——只有一直追求美丽（实际上是痴迷于美丽）的人才能发现这种真实的感情。古老的住宅、花园和耆老之美，孩子之美，陪伴之美以及扶手椅里轻柔的睡梦之美——这些美丽融合到一起，再与作为情感源泉的悲伤和悔恨交融。为什么《梦幻中的孩子》是经典呢？它之所以成为经典，是因为它像上一代人一样，传递给你一种高贵的情感，让你更加强烈、恰当而且高贵地回应生活的律动。这本书能够做到这一点，因为查尔斯·兰姆有一颗非常出众、非常敏感、非常真诚的心。他的情感是高贵的。他强烈渴望通过向别人倾诉来疏解这种感情。他内心的想法非常真诚，所以他不会夸大或者贬低事实。如果缺少这三者中任何一种品质，他的魅力都会被限制或者削弱，他也不会成为经典大师——要么他的感情因缺少无上的美感而不值得向外传递，要么他没有足够的力量传达自己的感情，要么他的坦诚无法承受准确传达情感带来的张力。任何一种情况下，他都无法让你产生我们称为快乐的情感共鸣，这种共鸣只有激发高尚情感的参与才能实现。当兰姆坐在他的“单身汉扶手椅”里时，他的哥哥躺在墓穴里，忠诚的杀人狂陪伴在他旁边，他心里想着：“这是美丽的。悲伤是美丽的，失望是美丽的，生活也是美丽的。我必须告诉他们。我必须让他们也明白这些。”因为他仍然要让你明白他就是经典。现在我好像听到你们在说：“但是兰姆著名的文风是怎么回事？他是怎么做到的？”

作家的风格

在讨论某本书的价值时，有些人羞于在饱学之士面前表达对文学的看法，所以他们说：“从文学的角度来看这可能不好，但里面有很好的东西。”或者说：“我斗胆说这本书写作方式很差，但内容非常有趣，富有启发性。”又或者是：“我不是个专家，因此我从来不会在意行文好坏，我看重的是好的内容。只要我能看到优质的内容，批评家可以随意评论这本书。”此外还有许多类似的评论，它们都表明说话者的心里存在这样一种观念，即写作风格是一种次要的、可以辨别清楚的东西。人们认为如果一个作者想成为文学大家，首先要发现并且安排自己的内容，然后用风格的外衣优雅地将其装扮起来，以此取悦被称为文学批评家的那群人。

这是一种误解。风格无法独立于内容。当一个作家构思一个想法的时候，他以文字为依托。文字形式构成了他的风格，而风格完全由想法所主导。这个想法只能借助文字存在，而且只能是一种形式的文字。你不可能用两种不同的方式分毫不差地说同一件事。只要你稍微改变一下表述，你的想法就随之变动。很明显，只要改变表述，你想要表达的东西也会发生变化！作家构思并且表述某个想法，也可能会再“打磨它”。但他打磨的是什么呢？如果你说他是在打磨自己的行文风格，那只是在说他是在斟酌自己的想法，发现其中的错误或者缺陷，然后进行完善。想法与表达相辅相成，想法在表达出来之后才真实存在，而不是在那之前。想法会自我表达。一个明确的想法能够被清晰地表达，而一个模糊的想法只能够被含糊地阐述。你可以回想自己的例子或演说。就像科学是常识的延伸一样，文学是日常对话的延伸。科学与常识只是程度深浅的差别，对话与文学同样如此。当你知道自己在想什么的时候，你就能准确说出自己心中所想，让别人明白你的意思。但当你不知道自己在想什么的时候，即使你能说会道也会磕巴。此外，还要注意，日常生活中你的风格会受到情绪的影响，你温柔的时候是亲切温和的风格，而你饱含激情的时候风格就变得大开大合。如果你情绪激动时对自己说“要是我能写出……”，你就错了。你应该说“要是我能这么高屋建瓴地思考就好了”。当你脑海里思路清晰的时候，你能轻而易举地说出自己的想法，而且偶尔你很难忍住不和别人分享它。当你无法自如地表达自己的想法时，其实是你没有明确的想法，这时让你如鲠在喉的不是无力表达，而是想要思考清楚却徒劳无功。所有这些都只是为了说明，行文风格与内容共同存在、不可分割，而且同样重要。

你不可能拥有好的内容，风格却很差。让我们更仔细地研究这个问题。假如有一个人希望告诉你一个好的想法，他会采用某种语言形式。这种形式就是他的风格。读完之后你会说：“是的，这是个不错的想法。”如此这个作者就实现了他的目的。但你能想象在什么样的情况下会说“是的，这是个不错的想法，但文风不好”这种话吗？在你和作者之间，唯一的沟通媒介就是这种语言形式。这个不错的想法已经触动你，如何做到这一点呢？答案就在语言里，依靠语言触动你。因此美好必定存在于语言中。你可能满怀优越感地表示："他的表述有些笨拙，但我能够明白他的意思。"凭什么呢？就是凭借语言和风格里的东西。这种东西是好的。而且，如果风格真的笨拙，你确定自己能够明白他的意思吗？你也无法十分确定。无论如何，你至少无法清楚地理解。内容是真正触动你的东西，它必定会受到风格的影响。

把作家的风格想成你认识的人的独特的举止和姿态，这样能帮助你进一步理解它。你可能认识一个行事"总是从容不迫"的人，但他内心又满怀激情。你怎么知道他满怀激情呢？就是一些细微但却重要的举止泄露了真相，比如紧抿的嘴巴或者紧握手掌导致的指节发白。换句话说，他的风度本质上没有那么从容镇静。你可能认识某个总是礼貌、随和的人，但他却让你感觉不舒服。为什么会这样呢？因为他为人乏味，令人讨厌，而且他的彬彬有礼并非真正的礼貌。你可能还认识某个人，他表现得尴尬、羞怯而且笨拙，虽然如此，他的自尊和魄力却让你印象深刻。为何？因为与笨拙等特质混合在一起的是尊严。你可能还认识一个直率、粗鲁的家伙，他的声音或眼睛里含有一些特殊的东西，让你本能地觉得这是一个充满深情的人。以上每个例子里，其人的举止可能看似跟性格不符，实际却是一致的。行为永远不会违背性格，相互冲突的是性格中的不同部分。毕竟，迟钝的人就是迟钝，笨拙的人就是笨拙，这些特征都是缺陷，行为只是将它们展现出来。如果前两个人能保留自身优良品质，并兼具绅士的优雅及亲和力，他们就会变得更好。第三个人，并非他肤浅的特质引起你的不快，而是其他一些品质。最终，性格展现在举止风度里，举止风度是性格影响的结果，也就跟性格相似。行文风格与内容的关系也是一样。你可能会说，迟钝、粗鲁的人虽然举止风度不佳，但这无损他的温柔。我不这样认为。因为他的粗鲁令人非常厌烦、痛苦——即使对他的妻子也是如此，虽然偶尔的温柔会让她和你忘记这一点。这个男人为人确实粗鲁，远比他温柔的时候多，他的行为举止体现了他的性格。因此，当一个作者用十页纸让你觉得恼怒，又用十行字把你迷住时，你一定不要反对他的文风。你不能说他的风格没有表现出他的内容。这时候你一定要想起那个粗鲁但温柔的男人。你思考得越多，就越清楚地认识到行文风格的缺点和优点就是内容本身的缺点和优点。

托马斯·卡莱尔（Thomas Carlyle）[①] 是这个被人忽视的真相最突出的例证。经常有人说卡莱尔的文风粗糙、古怪，让他的内容大为失色。但是，卡莱尔的内容和他的风格一样粗糙、怪诞。卡莱尔原本就是苛刻、怪异的人。他的行为举止即使不是令人憎恶的，常常也是荒唐的。他的判断方式也极度怪异。当你读了一篇卡莱尔言辞激烈的抨击文章后，你会对自己说："这非常棒，这个男人对正义和真理的热情堪称光荣。"但你还会说："但他有些不公正、不真诚，他太过分了，抨击得太过严厉。"这些东西不是风格，而是内容。当他处于高光时刻时，他立即变得情绪饱

① 托马斯·卡莱尔（1795—1881），英国政治思想家、历史学家、文学家。

满但克制，你会说：“这才是真正的卡莱尔。”他的文风变得非常完美！没有任何粗鲁或者怪异的地方！如果这个特定的内容是真实的卡莱尔，那么这个特定的风格就是卡莱尔真正的风格。当你用“真实”这个词的时候，其实更合适的词是“最棒”。你应该说：“这是最棒的卡莱尔。”如果卡莱尔一直处于最棒的状态，他将是世界上优秀的天才之一。但现实里他是一个交织着不同特质的混合体，他的文风也是混合的表达方式。如果说文风有什么问题，那也是内容本身导致的。

你会发现，在经典文学中行文风格始终随着内容展现的情绪起伏而变化。比如查尔斯·兰姆的《梦幻中的孩子》，开篇非常直白，使用平静的叙述口吻，通过与孩子有关的妙语让讲述生动起来。提到老祖母菲尔德时，文风变得庄重、严肃，而当作者详细描述风景如画的老庄园时，行文有意识地变得美丽。在描述更美丽的花园时，这种美感进一步加强。但这篇文章真正的转折点在兰姆提到他哥哥的时候。他以短句准确地表示这种转折，“然后，用不知道为何提高的声音，我说了是如何”，等等。此后，文风逐渐变得热情、庄严，一直到全篇的高潮："当我站在那里凝望时，孩子们逐渐从视野中淡去，他们的身影渐渐消散，最后只能在天际边见到两个悲伤的身影。他们没有说话，却奇异地让我感受到话语的影响……"自始至终，行文风格都是由内容主导。你可能会说："是的，当然是这样，事情不可能反过来。如果反过来会显得可笑。一个人如果做爱的时候像布道，或者布道的时候像戏弄小学生，或者描述死亡时像描述恶作剧，那么这个人不是蠢货就是疯子。"就是这样。简单来说，你已经解决了行文风格这个问题。

有人说："我读这些作家的书只是因为欣赏他的风格之美。"这话是什么意思呢？就我个人而言，我并不十分确定他们的意思（我也没办法让他们解释清楚），我猜他们想说自己是为了享受音节的美感而阅读。当你读一本书的时候，你要意识到三件事：一是文字的意义，它不可避免地与思想联系在一起；二是书本上印刷文字的外观——我觉得没有人阅读一个作者的作品只是为了享受文字在纸上的视觉美感；三是文字的音律，不管是实际读出来还是在心里读。毋庸置疑，单词之间存在不同的音韵美感。在我看来，英语里特别美丽的单词之一就是“pavement”（人行道）。读出这个单词，研究其发音，你会想到什么？还有一点毋庸置疑，某些单词的组合能够产生比其他组合更加美丽的音节。因此丁尼生（Tennyson）① 认为他写过最美丽的句子是：

> 柔美的黑鸫在榆树上演奏着长笛。（The mellow ousel fluting in the elm.）

可能从声音上来说是这样。这句诗确实有一连串优美的读音，让人想起诗句中想要描述的鸟鸣声。但它是丁尼生最优秀的诗歌吗？不是。这句诗有魅力，但仅仅是猎奇或悦耳的魅力。如果整首诗里没有更出众的句子，那么这首诗只能算新奇或动听。它不会让人产生永久的兴趣。它就像除了美貌一无是处的漂亮女人一样让人觉得枯燥乏味。这种诗歌没有生命力。

① 阿尔弗雷德·丁尼生（1809—1892），英国诗人，其代表作有《悼念》等。

在这一点上，有人可能会说，我们已经失去了对丁尼生巧妙措辞的尊重。现在谁会宣称《国王的田园诗》是杰作呢？丁尼生写下数千行取悦耳朵的诗句，只有那些充满感情的句子才得以存活。不！至于宣称“只是为了作者的风格”而阅读的人，我倾向于认为他要么很快就厌倦这个作者，要么就是在欺骗自己，他指的其实是作者的性情——不是作者的语言风格——那是一种贯穿作者所写的全部作品的独特品质。就像一个人之所以喜欢另一个人，是因为他身上流露出来的一些东西，这些东西难以名状，却是这个人的本质特征。

评判一个作者的风格时，你必须使用和评判一个人相同的标准。如果你这样做了，你就不会被引诱去关注那些微不足道的琐事。没有尊重就没有长久的友谊。如果一个作者的风格难以获得你的尊重，那么你可以确信，不管你可能从作者那里获得多少快乐，他的内容一定有一些问题，而你很快就会对这种快乐感到厌烦。你必须审视自己对这个作家的态度。如果碰到一个自己喜欢的作家，除了文字流畅优美之外，你别无所获，那么，你可以设想自己花了一个月的假期与一个只是赏心悦目的男人待在一起是什么感受。如果你喜欢一个作家的风格，但他除了让你咯咯傻笑外没有其他启发，那么，你可以想到与一个只会说俏皮话的人待在一起最后会变得多么无聊。从另一方面来说，如果你对作者所说的话印象深刻，但也知道他的文字笨拙，你可能会担心他的文风不好，但这种担心的程度跟你担心自己的朋友一样——你这位朋友内心善良而且头脑敏锐，你担心他打翻手里的茶杯弄脏了地毯。朋友在客厅的滑稽举动可能让人有些遗憾，但你不会说他行为不得体。如果你被一个作者的文风迷住了，满眼都是其卓越之处，那么你开始崇拜他的作品之前应该扪心自问，如果一个人初次见面时就用自己的性格魅力对你展开猛攻，你最终对他会产生什么样的看法。一般来说，那些赢得你尊敬的人都是渐渐散发出自身的魅力，他们不会一开始就让你大喜过望。总之，你可以把文学当成是现实生活，这时候你就会发现，从本质上来说文风就是个人。你再也不会宣称自己不在意行文风格，只享受不受风格影响的内容带来的乐趣；你也不会宣称仅从作者的风格中就能获得满足。

如果你仍然对风格感到困惑，不知道该支持还是反对，那么最谨慎的做法就是忘记这回事。因为实际上，那些懂得行文风格的人都没有在文学影响的框架下分析过他们的看法，根本没有文学风格这种东西。你不可能把文学一分为二，然后说这是内容，那是风格。而且，理解、评估文学的意义与价值和理解、评估其他现象一样，都是依靠常识来判断。常识会告诉你没有人能够同时做到既粗俗又高贵，既美丽又丑陋，既准确又模糊，既温柔又冷酷，即使是天才也做不到。常识还会告诉你，让文风和内容相互对立的想法是荒谬的。当这种表面上的矛盾存在时，其中相互冲突的某一种品质远不及另一种重要。如果你把文学当成生活标准，常识会马上判断出在你心中更加看重哪种品质。你不必仔细衡量笨拙的举止与优良的品格，或者是被优雅的举止所迷惑而看不到本质的虚无。当你处于疑惑时，就忽略掉风格，把内容当成一个人来看待。

和作者来一场角力

至少就目前而言，我们已经可以摆脱行文风格这个可怕的问题了。让我们回到查尔斯·兰姆上，我们是在分析他的《梦幻中的孩子》时开始探讨文风的。我们从兰姆说起，最好也以兰姆结束。在培养文学兴趣的初始阶段，要想点燃对文学的兴趣并且维持下去，最好的办法就是一段时间内只专注于一个作家，尤其是像兰姆这样坦率、诚实、充满好奇心的作家。我这样说不是让你三个月全耗在兰姆的全集上，不读其他人的书。我的意思是，你应该定期拿出一点时间研究兰姆，直到你已熟悉他的作品和作品里重要的东西。〔你可以购买查尔斯·兰姆和玛丽·兰姆（Mary Lamb）①

① 玛丽·兰姆（1764—1847），英国作家，查尔斯·兰姆的姐姐。

的全套散文和诗歌，这套书是对兰姆颇有研究的专家托马斯·霍奇森（Thomas Hutchison）编辑的，由牛津大学出版社出版，上下两卷共四先令!〕对兰姆有一定了解不需要特别的理由。他是最适合你的人：他的作品既不卷帙浩繁，也不晦涩难懂，更不会让你望而却步；相反，他的文字总是一如既往地引人发笑或者令人感动；最重要的是，他本人痴迷于文学，满怀激情。喜欢上兰姆之后你也会喜欢上整个文学，而读了兰姆的书之后，你会对文学有宏观的了解——因为图书就是他的兴趣，他是个一流的评论家。他的书信充满文学性。你会自然而然地阅读他的信件，这些书信不仅给你带来无穷欢乐（没有比它们更好的书信了），而且能丰富你对兰姆作品的理解。

我向你建议的是一个研究过程。这意味着你需要持续努力，也意味着与读报纸相比，你需要下更大的决心、付出更多耐心以及消耗更多脑细胞。事实上，这就是说你需要“工作”。可能你开始读我的书时，没想到要工作。但我觉得，一个人要想获得让他心满意足的文学品位，就必须准备好埋头苦干。为了鼓励你坚持下去，我可以提前透露，全面研究查尔斯·兰姆，你不仅可以熟悉杰作的品质、增加文学知识、领略纯正的读书氛围、感受真实的事物，而且可以感知到一种精神上的优势——真正知道一些东西带来的非常重要和鼓舞人心的优势。你将踏出坚实的一步，骄傲地意识到将来只要听到或者读到任何与兰姆有关的内容时，你都可以像专家一样做出评判。这种理直气壮的骄傲和成就感，会刺激你继续下去。这就是你前进的动力。目前，我认为这种间接的精神优势甚至比直接的文学优势更加重要。

你勤勉地阅读查尔斯·兰姆时，很可能会遇到一个问题，对此我不能视而不见。很可能你会对他感到失望。我不知道这样说是否适当，但你可能至少在一定程度上对他感到失望。你本来以为自己能从他那里获得更多快乐，实际上却没有。我在上一章提到过，第一次接触经典文学的新手经常有失望之感。新手容易觉得经典——我还是把话说完——无聊乏味。你可能发现，兰姆没有你期望的那么有趣、迷人。你必须不断鞭策自己，才能坚持读下去。总之，在你看来，兰姆的作品配不上他崇高的声望。经典之所以为经典，是因为它们给最热爱文学的子孙后代带来快乐。如果兰姆经常让你觉得乏味，那么很明显这里出了什么问题。我们必须正视它，而这会让我们触及塑造文学品位的核心。如果你爱好经典文学，兰姆的书会让你一直着迷——尽管在书里你只能找到一种让人不讨厌的单调，模糊的幽默感和偶然迸发的感染力让书显得活泼一些。理论上来说，你应该充满热情，但你无动于衷，最好时也是三心二意。理论与实际之间有巨大的鸿沟，我们应该如何越过它呢？

跨越这个鸿沟需要时间而且很麻烦。以下的注意事项可能有所帮助。首先我们必须牢记，进入经典文学的宏观世界，并具体接触查尔斯·兰姆时，我们是思维上处于弱势的一方。在这种情况下通常会发生什么事呢？我们可以回忆一下自己身处思维弱势群体中的感受，以此做出判断。与这些人相处时，他们无法领会我们说话的重点。我们开玩笑的时候，他们不会会心一笑；让他们哈哈大笑的东西，在我们看来就像是恶作剧或者充满孩子气；令我们如痴如醉的美丽，他们视而不见；让他们心醉神迷的东西，我们认为粗鲁不堪；他们视为意义深远的真理，于我们只是庸俗的老生常谈。他们的认知相对简单，而我们的认知相对精致。我们努力启迪他们的大脑，打开他们的双眼。如果他们能够意识到自己的落后，我们就获得了一定的成功；否则，我们会很快闭上嘴，让他一个人自我陶醉，并相信这个人已经无药可救了。每个人应该都与这种思维落后的人打过交道，因为我们身边这种人比比皆是，就好像身边总有比自己不幸福的人一样。面对经典文学，真正聪明的做法是把自己摆在思维落后的位置——知道自己思维落后，谦卑地摆脱自己所有的自负，渴望走出这种落后状态。回想一下那些思维能力较差却从不怀疑自己落后的人，我们总是认为他们无药可救。因此我们对兰姆的态度应该是：“查尔斯・兰姆是一个比我更伟大的人，他更聪明、更敏锐、更细腻、更出色，思维能力更强大，有一双更善于发现美的眼睛。我必须让自己跟随他的领导。”竖起自己的耳朵，全神贯注地倾听来自远方的声音，这就是我们的态度。

要想捕捉到远方的声音，我们必须学会倾听。这也就是说，我们必须仔细地阅读，调动起自己所有的感官。我们必须缓慢地阅读并且孜孜不倦。经典必须去追求，也值得追求。而且，我们必须学会接受辅助。我不支持在阅读经典之前先阅读相关评论文章，我的想法是应该一起研究经典文学和作家传记，之后再读相关评论文章。我认为再版名著里惯有的“批判导读”应该位于书的末尾，而不是放在开头。要允许初读者形成对经典作品的个人体验，哪怕这种印象非常微弱。之后，你就可以尽情阅读相关解释性的批评。解释性的批评非常有用，几乎就跟你读完书之后独立思考文本一样有用。这类批评可能会给你启发，让你瞬间洞悉整个主题。

我的第二个建议与一种来自经典文学的快乐品质有关。这不是一种强烈的快乐之情。它很细腻，强度会不断增加，但却与狂热无关。对一个没有修养的人来说，来自艺术的快乐通常是激烈的。他们会夸大某些东西，缺少平衡能力，太过看重某一个方面（通常比较浅薄），因此忽略了其他东西。这种快乐是粗俗的，就和品尝盘子里的伍斯特辣酱油①一样。如果说所有经典文学有一个共同点，那就是它们都不会夸大其词。伟大的作家们头脑清醒而且思维均衡，不会夸张，因此也不可能歪曲。经典之美绝不是一下子把你击垮，而是慢慢渗透。我相信许多认真的人，一开始阅读时之所以感到失望，是因为对快乐的种类有了错误的期待。他们已经抛弃了伍斯特辣酱油，但是想念它的味道，想念那种粗俗的强烈气味。他们必须意识到，沉迷于这种强烈的气味意味着彻底丧失了敏感度，甚至对强烈气味本身也不再敏感。他们不可能同时保持粗糙和细腻两种状态。他们必须做出选择，而且要记得粗糙会扼杀快乐，但细腻能强化它。

---

① 一种起源于印度的地方调料，后由人带回英国并在伍斯特郡生产，因此得名伍斯特辣酱油。辣酱油与普通酱油稍有不同，味道酸甜微辣，呈黑褐色。

怎样系统地阅读?

现在你已经在文学的海洋里扬帆起航。你在海面漂浮，锚已经收了起来。我认为对那些粗心大意和过于乐观的人来说，我已经给出足够的警告，告诉他们可能会遇到的危险和挫折。你正在从事的这项事业无法一蹴而就，也不能立竿见影。我已经多次提醒过，你们将经历痛苦的时光，那时你们恨不得毁灭所有作家和印刷术发明者。但如果你真的接受了兰姆；如果你理解了兰姆，哪怕一知半解；如果你在脑海里已经有了他的形象，当你阅读他的散文或书信时，好像可以听到他在你耳边喃喃絮语，那么很明显你可以继续前行了。你想要知道接下来该朝什么方向前进。是的，我已经听到你惊恐地低声抱怨："我向上天祷告他别让我去上英语文学课程，因为我觉得自己根本读不下来。”我不会这样做。如果你的人生目标是成为一个大学进修学院主讲英语文学的讲师，我会给你推荐一些更加晦涩难读的东西。但在我看来，你的目标只是尽可能获得最大的艺术乐趣，因此我不会推荐任何常规课程，而且我还会劝阻你参加任何常规课程。研究文学史只能获取知识，无法带来快乐或者好处，而且整个过程耗费大量时间，让人心神俱疲，并不适合新手。挑选读物时必须考虑个性，也必须考虑阅读兴趣的易变（因为这是每一个个体最为真实的特征）。你要骄傲地站立着，不要自己给自己找借口。你存在不是为了成为一本文学大百科，然后向文学致敬。文学为了给你服务而存在。不管你从哪里开始，你就是文学的核心。

可是，为了你自己着想，你必须花很长一段时间熟读经典名著，原因我们早已解释过。你虽然不用学习课程，但必须有一个体系或者原则。你内心的声音会告诉你，如果放任自己随心所欲，那么一切最终会变得荒唐可笑。我推荐的体系包含在以下建议里：让一个事物延伸到另一个事物上。在文学的海洋里，每个部分都与其他部分有联系，其中没有封闭的湖泊。开始时，我推荐你从兰姆入手，正是着眼于构建阅读体系。如果你跟兰姆成为知己，他就会给你引见其他许多杰出作家，这些作家转而也可以成为你的知己，他们对你也非常有帮助。这些作家包括华兹华斯、柯尔律治（Coleridge）①、骚塞（Southey）②、黑兹利特、利·亨特（Leigh Hunt）③。你如果熟知兰姆，就一定会知道这些作家的名字，其中一些人非常重要。从兰姆的作品出发，你可以按照自己的喜好，自由地朝各个方向探索。比如，你如果喜欢诗歌，就可以从华兹华斯开始，在英语文学世界里你再也挑不出一个人比他更适合新手了。华兹华斯曾反对一些诗人，所以他还能帮助你了解这些诗人。当你熟悉了华兹华斯和柯尔律治的《抒情歌谣集》（*Lyrical Ballads*）以及华

---

① 柯尔律治（1772—1834），英国诗人和评论家，其代表作为《古舟子咏》。

② 骚塞（1774—1843），英国诗人，与早期浪漫主义运动领袖华兹华斯和柯尔律治结交。

③ 利·亨特（1784—1859），英国作家。

兹华斯为它们做的辩护之后，通常你就拥有了评价诗歌的能力。如果你还渴望了解更早或者更浪漫的文学，兰姆的《莎士比亚同时代英国戏剧诗人之范作及注》（*Specimens of English Dramatic Poets Contemporary with Shakespeare*）已经准备就绪，这本书将以一种迷人的方式引领你进入“莎士比亚文学海洋”的海湾中。

如果你开始读黑兹利特和利·亨特，你会发现他俩是仅次于兰姆的散文家，而且可能是不逊于兰姆的批评家。黑兹利特是一个无与伦比的批评家。他的诸多判断让人信服，而且他的热情非常有感染力。接触了黑兹利特和利·亨特之后，你能有一万种可能向外扩展到更大的圈子里。这样，你可能探索前后数百年的作家，甚至追溯到乔叟①。如果你恰好在黑兹利特笔下读到《乔叟与斯宾塞》（*Chaucer and Spenser*），你可能会立即戴上帽子，出门买他们的作品。这即是

① 杰弗里·乔叟（1343—1400），英国小说家、诗人。主要作品有小说集《坎特伯雷故事集》。

兰姆的交流之火！我不必再详细说明。从兰姆开始，从一本书延伸到另一本书，你肯定会不断发现恰合你胃口的作家，不管是跟兰姆有交集的还是跟他处于同一时期的作家。这是因为兰姆生活的时代是英语文学复兴的时代。华兹华斯和柯尔律治重塑了诗歌，司各特（Scott）① 重塑了小说，兰姆重塑了散文，而黑兹利特、利·亨特和其他作家重塑了文学批评。所有地方都闪耀着火花。如果你的内心深处，一些易燃和坚不可摧的东西没有随之燃烧，那么这与奇迹无异。

我只有一件事情要提醒你。你内心可能会以为：“我只要坚持读文学经典，就不会犯错。”你会犯错。当你阅读有趣但没什么价值的材料，你可能就犯了读太多同类型内容的大错。所有的文学作品都可以划分为两类，而且只有两种类型。它们不是散文和诗歌，也无法用不同的形式或者主题进行区分。这两种类型分别是鼓舞人和增长见闻。除此之外，文学世界里没

① 沃尔特·司各特（1771—1832），英国诗人和小说家，开创了欧洲历史小说之先河。其代表作有《艾凡赫》等。

有其他的分类。我认为爱默生（Emerson）最先明确提出这个概念。他使用的术语是力量的文学和知识的文学。[①] 几乎在所有伟大的文学作品里都可以发现这两种品质，但其中一种通常占据主导地位。柯尔律治的《忽必烈汗》（*Kubla Khan*）是一个例外，这部作品只有鼓舞人心的力量。但我不记得有哪部优秀的作品仅仅能增长见闻，比较接近的是斯宾塞的《第一原理》，但这部作品也曾鼓舞人心。在《艾凡赫》里，鼓舞人心的特点占据主导地位；而在黑兹利特评论莎士比亚角色的散文里，增长见闻的特点占据主导地位。你必须避免太过偏向鼓舞人心的作品或者增长见闻的作品。太过痴迷鼓舞人心的作品会让你萎靡不振，而太过痴迷增长见闻的作品会让你丧失活力。你如果只沉迷于前者，可能会成为一个沉湎于情感的浪子；而你如果陶醉于后者，无论如何都可能失去生命力。我不是让你在这两种类型之间保持严格的平衡。你的品位会在其中发挥自己的作用。我的意思是这两

① 这一概念由托马斯·德·昆西提出的。

种类型都不应该忽视。

兰姆就是这样一个伟大的作家，任何人都可以读懂他，而且绝大部分对文学感兴趣的人或多或少都会欣赏他。阅读他的作品没有额外的智力或情感共鸣的要求。但在这两个不同的侧面，也存在更加困难和深奥的文学作品。“知识”这面不会难住我们，专心致志、坚持不懈就能攻克它；但“力量”方面需要特别关注，因为其中包括天才们创作的至高无上的作品。你可能已经到了这样一个阶段，非常喜欢兰姆，但完全无法从《忽必烈汗》或者弥尔顿的《科摩斯》(*Comus*)① 里“看出点什么”。至于《哈姆雷特》，你也许看不出什么妙处，觉得只是一个充满金句的血腥故事。然而这些优秀的作品能够产生无上的快乐，并且只有获得密钥的人才能感受这种快乐。这把密钥就是理解诗歌的本质。

---

① 弥尔顿所写的假面剧剧本。假面剧是16世纪至17世纪盛行于英国的一种诗剧，常伴以音乐和舞蹈。

读一点诗歌

有一个词是“恐惧”的代名词，英语国家大部分受过教育的人听到这个词都会胆战心惊。一提到它，最英勇的人就落荒而逃，心胸最宽广的人会恼怒地抵制，而最鲁莽的人也不敢冒犯。我曾看到过，这个词让一座人头攒动的大楼瞬间变空；我还知道，它能飞快地驱散一群人，远比水龙头、大黄蜂或者是瘟疫的谣言更加有效。历史一再证明，即使是低声说出这个词都会招致孤独，可能还有蔑视，甚至是饥饿。这个词就是“诗歌”。

普通人对诗歌的抵触深入骨髓，我丝毫没有夸大。当我提到普通人的时候，我不是指“普通感性的人”——任何出现在文集上的人；我指的是学识一般的人，他们关注书籍而且喜欢读书，知道经典著作的名字，也读过一些流行作家的作品。我相信这些读书的人，十个人里不会有一个人会特意去读诗歌。我还相信特意购买诗集的人，十个人里也不会有一个真的会去读。在任何地方你都会发现，有的人广泛阅读了大量散文，但他无动于衷地表示："不，我从不读诗歌。"如果从明天开始，被分类为现代诗歌的作品停止销售，没有一家出版商会倒闭。几乎不会有出版商会受影响，也没有诗人会饿死——因为我相信，今天没有任何一位诗人仅靠写诗的收入谋生。对一个拥有世界上最优秀诗歌文学的国家来说，这种情况至少有些奇怪。更奇怪的是，偶尔——几乎绝无仅有——有学识的普通人非常崇拜一位杰出的诗人，大量购买他的作品，给他带来大量财富。丁尼生就属于这种情况。同样奇怪的是，学识一般的人不是打心眼里讨厌诗歌，而是不喜欢诗歌采用的某种特定格式。如果不知道那是诗歌，他会开始阅读并且品味其中的内容。诗歌可以呈现为韵文或散文的形式。给他一篇以散文方式创作的诗歌，他很可能放下防备，开始欣赏其中的内容；但你如果给他一篇韵文，他可能就准备向警察求救了。其原因在于，虽然诗歌可以采用散文或韵文的体裁，但绝大部分诗歌都是韵文的形式，而非散文。几乎所有最伟大的诗歌都是韵文。韵文与最伟大的诗歌联系紧密，只有经历过大量思维训练的人，才能够真正理解和品味最伟大的诗歌。对其他人来说，这令人恼怒，也令人疲累。因此，学识一般的人对韵文这种形式怀有可怕的偏见。

要想形成文学品位，就必须克服这种偏见。对我来说，难点是提出一种克服偏见的方法。我所面对的人群，如果他们足够诚实的话，就会承认他们虽然喜欢读小说、散文、历史作品，但无法忍受韵文。这种情况跟其他让人紧张的情况一样，十分微妙。使用推理的本领也没有作用，因为这个问题已经超出了逻辑的范围，是本能的问题。向你们保证韵文能够产生比散文更纯粹的快乐不过是徒劳，你们会说："我们相信你，但这对我们没有用。"因此，我不会争论这个话题。我会给你开出一个治疗的方案（医生也会与病人争论），并请求你严格遵循这个方案，鼓起勇气、保持镇定。失去自控能力可能会陷入恐慌，而恐慌是致命的。

第一，尽可能彻底忘记你目前对韵文和诗歌本质的认识。拿起一块海绵，将你脑海中所有想法都擦去。尤其是不要自寻烦恼，思考韵律和韵文格式等问题。

第二，阅读威廉·黑兹利特的散文《论诗歌》。它是《论英国诗人》（*Lectures on the English Poets*）一书的第一篇文章。各个版本都不错，我认为劳特利奇出版社的“新永恒图书馆”系列最便宜而且让人满意。我可能过去也写过一篇分析诗歌一般本质的文章，但不过是拾人牙慧，重复黑兹利特的观点，还达不到他的水平。他以一种有趣、清晰、令人信服的方式阐述诗歌的本质，让每个人都能接受。然而，我不指望你立马领会这篇文章全部的内涵和热情。对你来说，好像无法融会贯通，但它会在你脑海中留下一些闪光的想法。

第三，隔一个星期之后再次阅读这篇文章。等你第二遍读的时候，它会变得更有说服力。

第四，打开《圣经》，阅读《以赛亚书》第四十章。这一章以“你们要安慰，安慰我的子民！”开头，以“他们奔跑却不困倦，行走却不疲乏”结尾。毫无疑问，你或多或少熟悉这章的内容。这一章令你印象深刻，激发出你心中的情感（无论你是何种信仰），你意识到这是一种崇高非凡的秩序，也承认这让你身心愉悦。你会同意，阅读这一章的感觉比读杂志上的短篇故事——甚至是查尔斯·兰姆的散文——更好。从《以赛亚书》第四十章得到的愉悦感受，就是一流的诗歌通常会激发的感受。《以赛亚书》的作者是个伟大的诗人，他写出来的也是伟大的诗歌。

第五，读完《以赛亚书》后重读黑兹利特，看看能不能从黑兹利特的文章里找到答案，让你明白阅读《以赛亚书》时自己内心的情感活动。

第六，接下来是接触韵文。你可以阅读华兹华斯的短篇叙事诗《兄弟》。有些版本的华兹华斯诗歌只卖一先令，但我推荐“金库”系列的华兹华斯诗歌，因为这个版本是由马修·阿诺德精选的，其中包括他写的著名文章。我希望你能大声朗读这首诗。你可能需要躲在别人看不见的地方大声读，当然你也可以不这么做，但你不会想让别人听到你朗读诗歌。《兄弟》

好到让你忘掉它是一首诗。它讲了一个简短的故事，情节清楚而且简单。你只是为了这个故事而阅读。在这个关键时刻，你不应该自寻烦恼去思考华兹华斯是用什么形式来讲述这个故事的，这一点很重要。华兹华斯的目的就是尽其所能讲述一个故事，只是如此。大声朗读时，除了潜意识的感觉之外，不要过多关注韵律的问题。读了几行之后，韵律会不言自明。也不要考虑诗歌采用的是什么类型的韵律。精读之后，请你审视一下自己的情绪……

读完这首诗或者华兹华斯其他一两首叙事诗（比如《迈克尔》）之后，你产生的感情跟读完短篇散文故事产生的感情不一样，不论那是一般还是非常优秀的故事。这种感觉可能没有那么强烈、清晰或振奋人心，却因其神秘和朦胧更加深入人心。我不会说它们是有趣的，更不会说它们会带来愉悦的情感。（请记住，我现在假想的说话对象是刚接触诗歌的新人。）我将这种感情称为“令人不安的”。对精神产生影响是艺术极为伟大的目标之一，而心动神摇是一个高度自律的人能够享受的极大的快乐。但只有重复这种经历才能够真正发现这一真相。为了帮助你更详尽地认清自己的感受，更好地理解华兹华斯想要产生的影响以及采用的方式，我必须将你引向华兹华斯。华兹华斯不仅是一个诗人，还是一个无与伦比的诗歌评论家。黑兹利特给诗评注入激情，而华兹华斯则以哲学的方式解读诗歌。华兹华斯的诗论解释以及诗歌实践，都是为普通人所写。华兹华斯的诗评超越了任何人对诗歌的理解，其文笔朴实、直率、谦逊、平静，极具说服力。华兹华斯剖析自我的主要散文，就是

《抒情歌谣集》的广告、序言和附录，给博蒙特夫人和朋友（指柯尔律治）的书信以及1815年《诗集》的序言。这些内容都极其有趣，而且具有巨大的教育价值。这是一位一流的作家在从容地讨论他的创作主题。与《抒情歌谣集》有关的文章对你最为有用。你可以在名为《华兹华斯文学批评》（亨利·弗劳德[1]出版）的书里找到这些宝贵的材料，这本书由著名的华兹华斯研究者诺艾尔·史密斯先生编辑。不管真心与否，想要学习鉴赏诗歌的人都应该有这本书，或者其他包含上述材料的书籍。顺便说一句，斯科特图书馆收录了一卷华兹华斯写的散文。那些还没有读过华兹华斯诗歌评论的人，想象不到他论述中纯真的魅力和灿烂的智慧之光。我极力向你推荐华兹华斯的诗歌评论。

饱读了华兹华斯和黑兹利特之后，应该知道的一切你都会知道，包括诗歌的本质、目的以及结果。我

---

① 亨利·弗劳德（1841—1927），英国出版商，是牛津大学出版社发展中的重要人物。

不是打算让你一丝不苟地研究华兹华斯和黑兹利特，而是达成自己迫不及待向你介绍他们的目的。我只有一点要强调——一个心理上的细节：修养一般的人要想培养诗歌品位，一个主要障碍就是过分夸张的荒谬感。在那种人心底，诗歌是愚蠢的。他觉得诗歌内容夸大、矫揉造作，这两种指责都能得到令人满意的回应。但对诗歌愚蠢荒谬的指控，却无法通过论证来反驳。面对人们的哄笑，没有合乎逻辑的答案。这种荒谬感只是一种恶劣而且幼稚的习惯，本身就荒诞可笑。你可能会遇到这种情况，尤其是在剧院里。剧院里正在上演悲剧，如果这时候一只猫从舞台走过，即使是最伟大的剧作家、作曲家和演员，都无法阻止观众哄堂大笑。但他们为什么要大笑来毁掉这种悲伤的场景呢？只是因为绝大部分观众在艺术上很幼稚。荒谬感只有使用精神的力量才能克服。它只能被恫吓消除。当一个诗人比你更有激情地表达自我时，或谈论人们不经常提及的感受时，或使用你不懂的词语和意象时，如果你想哈哈大笑，那么你最好控制住自己。你必须做出决定，究竟是与天使站在一边，还是与蠢货站在一边。一个人如果碰到不同寻常的、纯真的或者生机勃勃的东西时就想窃笑，没有什么比这更能表明那个人的无知了。如果你选择窃笑，你就发现了那只行走在文学史上最崇高的篇章里的猫，但更有素养的人会为你感到悲哀。

在我的方案里，第七步是研究华兹华斯的批评理论。第八步是回到华兹华斯的诗歌，你之前已经读过了，现在按照作者的想法和解释来重新鉴赏诗歌。只要能理解，你就尽可能多地阅读了华兹华斯的作品，但是没有尝试他的长诗。现在是读他的长篇作品的时候了。我建议新手从读叙事诗入门，而且我坚持这个方案。我指的是严格意义上的叙事诗，因为史诗也是叙事的。《失乐园》① 是叙事诗，《序曲》② 也是。但我不推荐这些作品。我推荐伊丽莎白·勃朗宁的《奥罗拉·利》。一旦你“钻进”这首诗，将自己沉浸在故事情节中（和阅读华兹华斯时一样），没有反复纠

① 英国作家约翰·弥尔顿创作的史诗。

② 华兹华斯的自传性长诗。

结自己读的是诗歌——如果你这么做了，那你很可能忍不住读完它。在这个过程里，你将遇到诗歌里几乎所有的感情，悲悯的、幽默的、讽刺的、哀伤的、抒情的……你将对诗人的内心有全面的了解。我向你保证，如果你把这部作品当成小说，你可以愉快地读完它。这几乎就是一部小说，而且比夏洛蒂·勃朗特或者乔治·艾略特的作品更加优秀。在阅读的过程中，你最好标记或者摘抄给你最多快乐的片段，然后与权威评论家挑出来鉴赏的段落进行比较。你可以购买“寺庙经典”系列或者是“坎特伯雷诗人”系列，里面都收录了《奥罗拉·利》。勃朗宁夫人的传记同样必不可少，你能从英格拉姆先生的“杰出女性”系列里看到她短暂的一生，或者威廉·夏普的《罗伯特·勃朗宁夫妇》也不错（这本书收录在“杰出作家”系列里）。

完成这些之后，你可以挑选自己喜爱的诗人了。再去看看黑兹利特，你会发现他研究的诗人包括乔叟、斯宾塞、莎士比亚、弥尔顿、德莱顿（Dryden）①、蒲

① 约翰·德莱顿（1631—1700），英国诗人、剧作家、文学批评家。

柏、查特顿（Chatterton）①、彭斯（Burns）②以及湖畔诗人。你可以从中挑选一个，在他的指导下开始阅读。华兹华斯曾说过："我坚信有四位诗人是我终身学习的榜样，他们是乔叟、莎士比亚、斯宾塞和弥尔顿。"（很好的建议！）华兹华斯是排在他们后面的第五个人。在你小心仔细、热情洋溢地研究其中一位经典大师时，也应该读一读现代诗歌。（我请求你接受这一点：如果研究经典诗歌让你对现代诗歌产生厌恶，那么一定是研究方法存在严重的问题。）到这时候，你可以开始研究韵律、韵文结构、韵脚等问题了，在此之前最好不要。对于英语诗体学，我相信没有一本又好又便宜而且简明的指导手册，但你确实非常需要一本。我唯一熟悉的就是汤姆·胡德（Tom Hood）③的《韵律规则：英语诗律指导》（*Rules of Rhyme: A Guide to English Versification*）。沃克

① 托马斯·查特顿（1752—1770），英国诗人。

② 罗伯特·彭斯（1759—1796），英国农民诗人，代表作《友谊地久天长》。

③ 汤姆·胡德（1835—1874），英国幽默作家、剧作家。

(Walker)[1]《韵律词典》(*Rhyming Dictionary*)的导论部分对这个问题也进行了非常清晰的基本介绍。罗斯金还写了一篇优的散文，介绍韵文的韵律。有了一本手册之后，你就可以花上几个小时研究英语诗歌的形式规则，这正是英语韵文乐感的根源。这件事本身微不足道，但鉴赏最伟大的诗歌所蕴含的最深邃的精神是一件美妙的持续一生的事情。这件事无法轻易实现。

① 约翰·沃克(1732—1807)，英国舞台剧演员、哲学家、词典编纂者。

最后三条建议

针对培养文学品位这件棘手、艰难的事情，我已经给出所有必要的注意事项、建议、忠告和劝诫。我提到了文学理论、作者的心理以及同样重要的读者心理。我努力向读者解释作者的内心，并且帮助读者认清自己的内心。进一步详细解释并非我的本意，因为这个话题会不断扩展，以至于最后无法自然结束。我的目的是提供指南针，而非地图，这是两种完全不同的工具。最后我会给你提供三条建议，在阅读方面我提出过许多建议，但这三条建议比其他建议应用更加广泛。

你的内心已经有一块试金石，最终你能够，也必须检验自己能否读懂每一本书。在你看来，这本书诚挚、可信吗？如果是，那你就不需要担心自己阅读当下的感受，或者这本书未来可能引发的后果。最终你会喜欢上这本书，合情合理，无可置喙。文学世界就跟现实生活一样，诚实自始至终都是一种非常重要的品质。但要小心你的实时感受。真相并不总是令人愉快。事实上，第一眼看到真相时你通常会焦虑不安，闷闷不乐。我们出于本能想赶走这种感觉，因为我们不愿接受这个真相。如果一本书让你打心眼里鄙视，你可能会把它从脑海中剔除。然而，注意不要混淆了鄙视与愤怒。如果一本书让你感到愤怒，这很可能是本好书。大部分好书一开始都会引发愤怒，只是你错以为那是鄙视。要求作者诚实，自己也必须做到诚实。对自己坦诚绝不像说起来那么简单。我们必须冷静看待一个人的感觉和情绪。当你愤怒地扔掉一本书时，注意仔细倾听是否有一个微弱的声音在抗议："但它说的是真的！"你如果捕捉到这声低语，最好立马向它投降，因为这个声音早晚都会获胜。同理，当你对一本书爱不释手的时候，你也要仔细倾听内心的警告："是的，但它不是真的。"坏书会奉承你、安抚你，引诱出你内心的软弱和卑劣，让你以为它们是优秀的出色的书。（当然了，我是在广泛、本质的含义上使用“真实”一词。我认为真实不是严格遵循事实，而是贴合书中的经历。比如，《艾凡赫》的真实性不能用衡量斯塔布斯《英国宪政史》的标准来判断。）读一本书时，你要扪心自问它是否真实，并且忠诚地遵循答案，这比任何其他推论过程更有助于你培养文学品位。我不会说这一问一答能解决一切问题。一本真实的书不一定伟大，但一本伟大的书绝不会不真实。

我的第二个建议是，你的阅读一定要有明确的目标，而不仅仅是希望得到快乐。当然，我认为任何艺术作品最高的目标都是给予鉴赏者快乐，因为从艺术中获得的快乐能振奋人心，改造人们的生活。但只有持续的努力才能带来最大的快乐，这就意味着需要有一番计划。户外散步是一项极好的锻炼，散步本身非常好。然而，当某个人出发去散步时，他还有其他次要的目标。他可能会设定某个终点，或者在某段距离内以一定速度前进，或者在某段时间内一直行走。他对规划自己要做的事情，一定程度上是为了将其他好处与散步的好处结合起来，但主要的目的是确保散步的气力充分有效，什么也没浪费。阅读也是同样道理。在阅读文学作品时，你最重要的目标是享受快乐，但如果没有一个次要目标帮助衡量自己的活力，你永远也无法彻底享受这种快乐。你的次要目标可以是审美、道德、政治、宗教、科学、博学等等，你也可以专注于某个作家、话题、时代、国家、文学分支、想法——你可以随意挑选，只要有一个明确的目标就可以。前面评论读书方法时，我提倡（但没有强调）你应该定期拿出一定时间读书。但现在我提倡并且坚持，你要设定时间节点来完成计划的阅读任务。比如，你说“我会彻底了解湖畔诗人”，但这样还不够，你要说“在一年之内我要彻底了解湖畔诗人”。如果没有这种预防性的坚定决心，在阅读时半途而废并让一切努力打了水漂的风险就会变大。

我的第三个建议是，建立你的私人图书馆。很明显，你如果没有书，就没办法阅读。我一开始就极力推荐你不停买书——任何质量得到认可的图书，但没提过这对你有什么直接作用。现在我可以明确地告诉你，喜欢读书的人的诸多特征之一就是拥有许多图书。一个藏书不丰的人，算不上是喜欢读书的人。多年以来，文学权威都热衷于给文学爱好者发布他们精挑细选的最佳图书——最佳小说、最佳历史读物、最佳诗歌以及最佳哲学，或者是最佳百本或五十本的综合书单。这类书单最大的缺陷就在于，它们遗漏了大量公认的一流文学作品。因此，挑选过的书单无法满足书虫的需求，他们至少需要一个品类相对齐全的图书馆。在此基础上，他购书的时候就可以随意探索细分领域，购买恰好符合他偏好的图书。每个喜欢英语文学且自我尊重的英国人，不管他对哪个类型的文学作品感兴趣，都应该拥有一个品类齐全、版本精美的英语文学图书馆。你可能以为这是个完美的建议，但其实不是。马克·帕蒂森（Mark Pattison）[①] 曾提出一条标准，任何渴望获得“爱书人”名号的人，必须把5%的收入花在买书上。这条建议一点也不奢侈，普通读者甚至无须花费5%的收入就可以在相对短的

① 马克·帕蒂森（1813—1884），英国神职作家。

时间内拥有一个相对完整的英语文学图书馆。这个图书馆包含杰出天才的整套作品，各种文学类型一流作家的代表作，以及在今天仍然拥有一定名声的二流作家的作品。我提出的“图书馆计划”始于乔叟之前的作家，以乔治·吉辛（George Gissing）[①] 收尾，我非常确信绝大部分人都会因为总花费之少而感到吃惊。就我所知，目前还没有谁提出过这样的计划。

① 乔治·吉辛（1857—1903），英国小说家、散文家。

英语文学：I期[①]

为了买书方便，我将英语文学分成三个时期，这个划分并非完全符合历史分期，虽然看上去有点随意，但我这么计划的依据是所购之书在书架上占据的位置以及购书的花费：

第一期：从英语文学开始到约翰·德莱顿，也就是大概到十七世纪结束。

第二期：从威廉·康格里夫到简·奥斯汀，也就是大概到十八世纪。

第三期：从沃尔特·司各特爵士到最后一位作品被公认为经典的已故作家，也就是大概到十九世纪。

---

① 作者注：就所列图书的版本与价格问题，我多次咨询自己的良师益友查尔斯·杨格，他是兰姆雷公司的老板，是南肯辛顿郡的一个书商。

第三期作品的数量最多，费用最高；这倒不一定是这个时期比其他时期有更多绝对优秀的作品（虽然在我看来确实如此），而是这个时期离我们更近，因此能引起我们更大的兴趣。

我没有将选书范围局限于单纯的文学趣味——也就是说，没有局限于文学艺术作品。文学是哲学、科学、道德、宗教和历史的载体，一座图书馆想要变得完整，不仅要有虚构作品，还要有所有其他分支的人类智慧结晶。要想集齐所有门类的图书，必然会包括一点文学价值也没有的作品。

此外，我没有考虑以下作品：

一、仅仅在文学发展中起到过渡作用的作品。比如，从乔叟到伊丽莎白早期几乎所有作家〔如高尔（Gower）、霍克利夫（Hoccleve）、斯凯尔顿（Skelton）等人〕的作品。出于多种原因，现在只有教授和想成为教授的学生还在阅读他们的书。

二、不是用英语创作的作品。比如著名哲学家罗吉尔·培根的作品，英国人都应该为他骄傲。然而也有几个例外迫使我打破这条规则。托马斯·莫尔爵士的《乌托邦》虽然用拉丁文创作，但任何想构建一座图书馆的人都不会遗漏这本书。艾萨克·牛顿爵士的《自然哲学的数学原理》是有史以来最伟大的物理学家的杰作，有人会剔除这本书吗？万有引力定律应该、也确实会激发我们强烈的好奇心。

三、翻译成英语的外国经典文学。

下面就是第一期的书单。

散文[①]作家

比德	《基督教会历史》
托马斯·马洛里爵士	《亚瑟王之死》
托马斯·莫尔爵士	《乌托邦》
乔治·卡文迪什	《沃尔西红衣主教生平》
理查德·哈克卢特	《航行日记》
理查德·胡克	《基督教会政体》
弗朗西斯·培根	《培根作品集》

① 此处指与诗歌或韵文相对的、没有正式韵律结构的写作方式。下同。

托马斯·德克尔	《古尔的字帖》
赫伯特勋爵	《赫伯特自传》
约翰·赛尔登	《席间漫谈》
托马斯·霍布斯	《利维坦》
詹姆斯·豪厄尔	《熟悉的书信》
托马斯·布朗爵士	《医生的宗教》
杰里米·泰勒	《圣洁的生与圣洁的死》
艾萨克·沃尔顿	《钓客清话》
约翰·班扬	《天路历程》
威廉·坦普尔爵士	《论伊壁鸠鲁的花园》
约翰·伊夫林	《伊夫林日记》
塞缪尔·佩皮斯	《佩皮斯日记》

上述书单最主要的缺漏是《帕斯顿书信集》（*The Paston Letters*），如果有一家出版社能够发行一个价格便宜的版本，我可能会把这本书添加进去。此外也没有收录卡克斯顿（Caxton）和威克利夫（Wyclif）的作品，卡姆登（Camden）的《大不列颠》（*Britannia*）、阿斯卡姆（Ascham）的《校长》（*Schoolmaster*）以及富勒（Fuller）的《杰出人士》（*Worthies*），这些书

籍的历史价值大于文学价值。至于《圣经》，首先它是翻译图书，其次我觉得你们已经有了这本书。

诗人

佚名	《贝奥武甫》
杰弗里·乔叟	《乔叟文集》
尼古拉斯·尤德尔	《拉尔夫·罗伊斯特·多伊斯特》
埃德蒙·斯宾塞	《斯宾塞作品集》
托马斯·洛奇	《罗莎琳德》
罗伯特·格林	《塞利姆斯的悲剧统治》
迈克尔·德雷顿	《德雷顿诗歌集》
克里斯托弗·马洛	《马洛作品集》
威廉·莎士比亚	《莎士比亚作品集》
托马斯·坎皮恩	《坎皮恩诗歌集》
本·琼森	《本·琼森戏剧集》
约翰·邓恩	《约翰·邓恩诗歌集》
约翰·韦伯斯特、西里尔·图纳尔	《戏剧集》
菲利普·马辛杰	《马辛杰戏剧集》

弗朗西斯·博蒙特、约翰·弗莱彻	《戏剧集》
约翰·福特	《约翰·福特戏剧集》
乔治·赫伯特	《寺庙》
罗伯特·赫里克	《赫里克诗歌集》
埃德蒙·沃勒	《沃勒诗歌集》
约翰·萨克林爵士	《萨克林诗歌集》
亚伯拉罕·考利	《英语诗歌》
理查德·克拉肖	《克拉肖诗歌集》
亨利·沃恩	《沃恩诗歌集》
塞缪尔·巴特勒	《休迪布拉斯》
约翰·弥尔顿	《弥尔顿诗歌集》《精选散文集》
安德鲁·马维尔	《安德鲁·马维尔诗歌集》
约翰·德雷顿	《德雷顿诗歌作品集》
托马斯·珀西	《古英语诗歌遗存》
爱德华·阿伯	《英国诗人选集：1548—1591》 《英国诗人选集：1592—1616》 《英国诗人选集：1617—1637》

十七世纪还有许多稍稍逊色的优秀作家，他们最优秀的作品通常篇幅短小，要么不值得为每个作家单独购买一本书，要么他们的作品已经不再版。但打造自己的图书馆时，这些作家不应该被彻底忽视。由此我在书单上补充了阿伯教授编选的三卷文集，里面的文章都是精品，包括许多作家的代表诗歌，如塞缪尔·丹尼尔（Samuel Daniel）、贾尔斯·弗莱彻（Giles Fletcher）、彭布罗克伯爵夫人（Countess of Pembroke）、詹姆斯一世（James I）、乔治·皮尔（George Peele）、沃尔特·罗利爵士（Sir Walter Raleigh）、托马斯·萨克维尔（Thomas Sackville）、菲利普·锡德尼爵士（Sir Philip Sidney）、威廉·德拉蒙德（Willian Drummond）、托马斯·海伍德（Thomas Heywood）、乔治·威瑟（George Wither）、亨利·沃顿爵士（Sir Henry Wotton）、威廉·达夫南特爵士（Sir William Davenant）、托马斯·伦道夫（Thomas Randolph）、弗朗西斯·夸尔斯（Frances Quarles）、詹姆斯·雪莉（James Shirley），以及其他优秀但却不那么知名的诗人。

除了约翰·马斯顿（John Marston），我列出了伊丽莎白时期的所有戏剧家，因为据我的调查，马斯顿的所有作品都已经绝版了。

在伊丽莎白和詹姆斯一世时代，天才层出不穷，衡量卓越的标准水涨船高，因此一些作家被划分为“三流”或被排除掉。但如果在一个没有那么多产的时代里，他们至少可以算作“二流”作家。

19 位散文作家的作品共计 36 卷，花费两英镑三便士；29 位诗人的作品共计 36 卷，花费三英镑十便士。合计总共是 48 位作家，共计 72 卷图书，总花费为五英镑十三便士。除此之外，许多非常有趣的作家的作品都能在选集里找到。

这里的支出是粗略估计，许多情况下书籍会打七五折售卖。以上书籍在任何书店里可以马上买到。

英语文学：Ⅱ期

在整理完到约翰·德莱顿的作家之后，按照顺序我要拟定下一阶段的计划了。但是你打造自己的图书馆时，没有必要非得按时间顺序。事实上，我建议你先尝试阅读十九世纪作家的作品，而非十八世纪的作家。除非你的品位特别复古，否则你会发现与十八世纪作家相比，十九世纪作家的作品会让你更满意、受益更多。我把十八世纪的许多文学作品称为“不吸引人的卓越”，许多人可能只是为了图书馆完整才买这些书，而且只会在读完更加重要和充满人性气息的书之后才会阅读它们。我对十八世纪的哲学作家印象非常深刻。

散文作家

约翰·洛克	《哲学作品集》
艾萨克·牛顿爵士	《自然哲学的数学原理》
吉尔伯特·伯内特	《我的时代的历史》
威廉·威彻利	《最佳戏剧集》
威廉·康格里夫	《最佳戏剧集》
乔纳森·斯威夫特	《木桶的故事》《格列佛游记》
丹尼尔·笛福	《鲁滨逊漂流记》《瘟疫年纪事》
约瑟夫·艾迪生、理查德·斯蒂尔爵士	《散文集》
威廉·劳	《敬虔与圣洁生活的严肃召唤》
玛丽·沃思利·蒙塔古夫人	《书信集》
乔治·伯克利	《人类知识原理》
塞缪尔·理查森	《克拉丽莎》(删减本)

约翰·韦斯利	《韦斯利日记》
亨利·菲尔丁	《弃儿汤姆·琼斯的历史》《阿米莉亚》《约瑟夫·安德鲁传》
大卫·休谟	《休谟散文集》
劳伦斯·斯特恩	《项狄传》《多情客游记》
贺拉斯·沃波尔	《奥特兰多城堡》
托拜厄斯·斯摩莱特	《汉弗莱·克林克历险记》《法国和意大利游记》
亚当·史密斯	《国富论》
塞缪尔·约翰逊	《诗人传》《拉塞拉斯》
詹姆斯·鲍斯威尔	《约翰逊传》
奥利弗·哥尔德斯密斯	《哥尔德斯密斯作品集》
亨利·麦肯齐	《性情中人》
乔舒亚·雷诺兹爵士	《艺术十五讲》
埃德蒙·伯克	《法国大革命感言录》《论当前之不满情绪的根源》
爱德华·吉本	《罗马帝国衰亡史》
托马斯·潘恩	《人的权利》

理查德·布林斯利·谢里登	《谢里登戏剧集》
范妮·伯尼①	《艾维莉娜》
吉尔伯特·怀特	《塞尔伯恩自然史》
阿瑟·扬	《法兰西游记》
芒戈·帕克	《帕克游记》
杰里米·边沁	《道德与立法原理导论》
托马斯·罗伯特·马尔萨斯	《人口原理》
威廉·戈德温	《凯莱布·威廉斯传奇》
玛丽亚·埃奇沃思	《海伦》
简·奥斯汀	《简·奥斯汀小说集》
詹姆斯·莫里尔	《伊斯巴罕的哈吉·巴巴历险记》

这一时期没有列入的作家有三位：第一位是杰里米·科利尔（Jeremy Collier），他大声批判那个时代的道德沦丧，这是他在今天还稍有薄名的主要原因。

① 又称弗朗西斯·伯尼。

第二位是理查德·本特利（Richard Bentley），他的学术成就基本上跟着他一起死亡，他的主要作品也不再流行。第三位是“朱尼厄斯”（“Junius”）①，如果不是跟他同一时代的夏洛克·福尔摩斯寻找出他的真实身份，他应该早被遗忘了。

诗人

托马斯·奥特韦	《保存的威尼斯》
马修·普赖尔	《几个场合的诗》
约翰·盖伊	《盖伊诗歌集》
亚历山大·蒲柏	《蒲柏作品集》
艾萨克·沃茨	《赞美诗》
詹姆斯·汤姆森	《季节》
查理·韦斯利	《赞美诗》
托马斯·格雷、塞缪尔·约翰逊、威廉·柯林斯	《诗歌集》

① “朱尼厄斯”是英国匿名作家菲利普富·兰赛斯。

詹姆斯·麦克弗森	《麦克弗森诗歌集》
托马斯·查特顿	《查特顿诗歌集》
威廉·柯珀	《柯珀诗歌集》《柯珀书信集》
乔治·克雷布	《克雷布诗歌集》
威廉·布莱克	《布莱克诗歌集》
威廉·莱尔·鲍尔斯、哈特利·柯尔律治	《诗歌集》
罗伯特·彭斯	《彭斯作品集》

39 位散文作家，59 卷图书，花费为五英镑五便士；18 位诗人，18 卷图书，花费为一英镑七便士；因此总共有 57 位作家，77 卷图书，总花费为六英镑十二便士。

英语文学：Ⅲ期

第三期是最后一期，这份书目很长，为了方便起见，我将散文作家分为幻想类和非幻想类。

在后半期里，版权问题会对我们的计划产生一定影响，因为它影响了图书价格。幸运的是，没有任何一本公认的一流作品价格过于昂贵。然而，我在整理第二类作品时遇到了困难，只能以妥协的态度对待它们。这么说吧，如果某些作家的作品能够以合适的价格买到，我将会把他们收录到书目里；还有些作家的作品是一个具有广泛代表性的图书馆必不可少的，这样的作家我一个也没有遗漏。此外，书目中没有当世作家。

如果我没有详细提到图书版本，那么指的就是原始版权版本。

散文作家： 幻想类

沃尔特·司各特爵士	《威弗利》《密得洛西恩监狱》《惊婚记》《雷德冈利托》《艾凡赫》《马米恩》
查尔斯·兰姆	《兰姆散文和韵文集》《兰姆书信集》
沃尔特·塞维奇·兰多	《幻想对话录》《兰多诗歌集》
利·亨特	《随笔与速写》
托马斯·洛夫·皮科克	《皮科克重要小说选》
玛丽·拉塞尔·米特福特	《我们的村庄》
迈克尔·斯科特	《汤姆·克林格日志》
弗雷德里克·马里亚特	《米德希普曼·易斯先生》
约翰·高尔特	《教区纪事》
苏珊·费里尔	《婚姻》
道格拉斯·杰罗尔德	《考德尔夫人的枕边训话》

利顿勋爵	《庞贝的末日》
威廉·卡尔顿	《卡尔顿故事集》
查尔斯·詹姆斯·利弗	《哈利·洛雷泽的自白》
哈里森·安斯沃思	《伦敦塔》
乔治·亨利·博罗	《西班牙圣经》《拉文格罗》
比肯斯菲尔德勋爵	《西比尔》《康宁斯比》
萨克雷	《名利场》《亨利·艾斯艺德的历史》《巴里·林登》
查尔斯·狄更斯	《狄更斯作品集》
查尔斯·里德	《修道院与壁炉》
安东尼·特罗洛普	《巴切斯特塔》《弗雷姆利教区》
查尔斯·金斯利	《向西前进》
亨利·金斯利	《雷文休》
夏洛特·勃朗特	《简·爱》《雪莉》《维莱特》《教师》《夏洛特·勃朗特诗集》
艾米莉·勃朗特	《呼啸山庄》
伊丽莎白·盖斯凯尔	《克兰福德》《夏洛特·勃

	朗特的一生》
乔治·艾略特	《亚当·比德》《织工马南》《弗洛斯河上的磨坊》
G. J. 怀特-梅尔维尔	《角斗士》
亚历山大·史密斯	《梦想小镇》
乔治·麦克唐纳	《马尔科姆》
沃尔特·佩特	《想象的肖像》
威尔基·柯林斯	《白衣女人》
R. D. 布莱克莫尔	《洛娜·杜恩》
塞缪尔·巴特勒	《虚幻国》
劳伦斯·奥利芬特	《追求卓越》
玛格丽特·奥利芬特	《塞勒姆教堂》
理查德·杰弗里斯	《我心灵的故事》
刘易斯·卡罗尔	《爱丽丝梦游仙境》
约瑟夫·亨利·肖特豪斯	《约翰·英格兰森特》
罗伯特·路易斯·史蒂文森	《巴伦特雷少爷》《弗吉尼亚巴斯·普鲁斯克》
乔治·吉辛	《奇怪的女人》

我特意没有收录一些作家，比如夏洛特·扬（Charlotte Yonge）和黛娜·克雷克（Dinah Craik）等人。

散文作家：非幻想类

威廉·黑兹利特	《时代的精神》《英国诗人与喜剧作家》
弗朗西斯·杰弗里	《爱丁堡评论选》
托马斯·德·昆西	《一个英国瘾君子的自白》
悉尼·史密斯	《悉尼·史密斯文选》
乔治·芬利	《拜占庭帝国》
约翰·G. 洛克哈特	《斯各特传》
阿格尼丝·斯特里克兰	《伊丽莎白女王的一生》
休·米勒	《古老的红砂岩》
J. H. 纽曼	《为吾生辩》
麦考利勋爵	《英格兰史》《麦考利散文集》
A. P. 斯坦利	《坎特伯雷的历史纪念碑》
托马斯·卡莱尔	《法国大革命》《克伦威尔》《论英雄、英雄崇拜

	和英雄业绩》
托马斯·卡莱尔	《后来的小册子》
查尔斯·达尔文	《物种起源》《小猎犬号航海记》
A. W. 金莱克	《日升之处》
约翰·斯图尔特·密尔	《孔德与实证主义》
约翰·布朗	《闲暇时光》《拉布和他的朋友》
阿瑟·赫尔普斯爵士	《议会的朋友》
马克·帕蒂森	《弥尔顿传》
F. W. 罗伯逊	《论宗教与人生》
本杰明·乔伊特	《圣经诠释》
乔治·亨利·刘易斯	《文学成功之道》
亚历山大·贝恩	《心灵与肉体》
詹姆斯·安东尼·弗劳德	《解散修道院》
玛丽·沃斯通克拉夫特	《为女权辩护》
约翰·廷德耳	《阿尔卑斯山的冰川》
亨利·梅因爵士	《古代法》

约翰·罗斯金	《建筑七灯》《芝麻与百合》《威尼斯的石头》
赫伯特·斯宾塞	《第一原理》《教育论》
理查德·伯顿爵士	《走向圣城》
J. H. 斯皮克	《尼罗河探源》
托马斯·亨利·赫胥黎	《赫胥黎散文集》
E. A. 弗里曼	《近代欧洲历史地理》
威廉·斯塔布斯	《金雀花王朝：从亨利二世到爱德华二世》
沃尔特·白哲特	《伦巴第街》
理查德·霍尔特·赫顿	《枢机主教纽曼》
约翰·西利爵士	《试观此人：耶稣的生活与工作》
戴维·马森	《托马斯·德·昆西》
约翰·理查德·格林	《英国人简史》
莱斯利·斯蒂芬爵士	《教皇》
阿克顿爵士	《论历史研究》
曼德尔·克赖顿	《伊丽莎白时代》
F. W. H. 迈尔斯	《华兹华斯》

以下作家没有收录，我认为是理所应当的，他们是哈勒姆（Hallam）、休厄尔（Whewell）、格罗特（Grote）、法拉第（Faraday）、赫兹切尔（Herschell）、汉密尔顿（Hamilton）、约翰·威尔逊（John Wilson）、理查德·欧文（Richard Owen）、斯特林·马克斯韦尔（Stirling Maxwell）、巴克尔（Buckle）、奥斯卡·王尔德（Oscar Wilde）、P. G. 哈默顿（P. G. Hamerton）、F. D. 莫里斯（F. D. Maurice）、亨利·西奇威克（Henry Sidgwick）、理查德·杰布（Richard Jebb）。

最后是诗人名单。就每本书的价格而言，这是最贵的一份书单。这是因为里面包含大量有版权的作品。当我没有特意提及版本的时候，指的就是原始版权版本。

诗人

威廉·华兹华斯	《华兹华斯诗歌集》《文学批评》
罗伯特·骚塞	《骚塞诗歌》《纳尔逊传》

S. T. 柯尔律治	《柯尔律治诗歌集》《文学传记》《莎士比亚讲稿》
约翰·济慈	《济慈诗歌集》
珀西·比希·雪莱	《雪莱诗歌集》
拜伦爵士	《拜伦诗歌集》《拜伦书信集》
托马斯·胡德	《托马斯·胡德诗选》
詹姆斯·史密斯、霍勒斯·史密斯	《被拒的演讲》
约翰·基布尔	《基督年圣诗集》
乔治·达利	《达利诗歌集》
T. L. 贝多斯	《贝多斯诗歌集》
托马斯·莫尔	《莫尔诗歌选》
詹姆斯·克拉伦斯·曼根	《曼根诗歌集》
W. 麦克沃思·普雷德	《普雷德诗歌集》
R. S. 霍克	《康沃尔民谣》

爱德华·菲茨杰拉德	《鲁拜集》①
P. J. 贝利	《费斯特斯》
阿瑟·休·克拉夫	《克拉夫诗歌集》
丁尼生爵士	《丁尼生诗歌集》
罗伯特·勃朗宁	《罗伯特·勃朗宁诗歌集》
伊丽莎白·勃朗宁	《奥罗拉·利》《勃朗宁夫人短诗选》
P. B. 马斯顿	《歌流》
奥布里·德维尔	《圣帕特里克传奇》
马修·阿诺德	《阿诺德诗歌集》《阿诺德散文集》
考文垂·帕特莫尔	《帕特莫尔诗歌集》
悉尼·多贝尔	《悉尼·多贝尔诗歌集》
埃里克·麦凯	《一位小提琴家的情书》
T. E. 布朗	《布朗诗歌集》
C. S. 卡尔弗利	《诗歌与翻译》

① 《鲁拜集》是波斯诗人奥玛·海亚姆的四行诗集。爱德华·菲茨杰拉德将其译成英文。

D. G. 罗塞蒂	《罗塞蒂诗歌集》
克里斯蒂娜·罗塞蒂	《克里斯蒂娜·罗塞蒂诗歌精选》
詹姆斯·汤姆逊	《恐怖夜之城》
吉恩·英奇洛	《英奇洛诗歌集》
威廉·莫里斯	《世俗的天堂》《早期浪漫》
奥古斯塔·韦伯斯特	《韦伯斯特诗歌选》
W. E. 亨利	《亨利诗歌集》
弗朗西斯·汤普森	《汤普森诗歌选》

几经犹豫之后，我还是没有收录以下诗人：埃比尼泽·埃利奥特（Ebenezer Elliott）、托马斯·伍尔纳（Thomas Woolner）、威廉·巴尔内斯（William Barnes）、杰拉尔德·马西（Gerald Massey）、查尔斯·杰里迈亚·韦尔斯（Charles Jeremiah Wells）。此外，戴维·莫伊尔（David Moir）、费利希娅·赫门兹（Felicia Hemans）、艾顿（Aytoun）、埃德温·阿诺德爵士（Sir Edwin Arnold）、刘易斯·莫里斯爵士（Sir Lewis Morris）等，我毫不犹豫地排除了。由于约翰·克卜勒（John Keble）的观点非常开明，所以我

收录了他的作品，但这有违我的本意。书单里还有两个作家，许多读者可能不太熟悉。詹姆斯·克拉伦斯·曼根写了《黑暗的罗莎琳》（*My Dark Rosaleen*），这是一部公认的杰作，每个图书馆都必备。而有数百人认为，T. E. 布朗是一个杰出的诗人，他注定会声名远播。我还把菲茨杰拉德收入名单中，因为《鲁拜集》与其说是一部译作，不如说是一部原创作品。

83位散文作家，140卷图书，花费为十英镑六便士；38位诗人，46卷图书，花费为五英镑八便士。因此，总计有121位作家，186卷图书，花费为十五英镑十四便士。

整个图书馆总结：1. 到德莱顿时期，48位作家，72卷图书，开支为五英镑十三便士；2. 十八世纪，57位作家，77卷图书，开支为六英镑十二便士；3. 十九世纪，121位作家，186卷图书，开支为十五英镑十四便士。

因此整个图书馆总计226位作家，335卷作品，开支为二十八英镑。

我觉得你会认同整个项目花费很少。三年里，你每天花费六便士，就可以拥有一座私人文学图书馆，其藏书范围和完整性可以与那些更壮观、更庞大、更奢侈的图书馆相媲美。

我还提到了折扣的问题。打折省下的钱（即使是一个小镇的书店也会有打折），足以购买钱伯斯的《百科全书》，这部百科全书总共三大本，定价三十便士。对爱书人来说这部作品必不可少。我个人从中受益良多。

以上书单总计包含335卷作品，不管你全部读完还是部分阅读，你都会欣喜地发现自己的文学品位已经形成。现在你可以胸有成竹地品评现代作品，虽然难免犯错，但你至少知道自己在说什么。

自省

经典并非某个伟大作家的突发奇想。经典是作家们内心的流露，是他们生命的表达。文学只有真正融入读者的生活之中，才能够说实现了它真正的目的；如果它没有承载至关重要的内容，那么就算不上成功。人类的理智与本能处于永无休止的冲突之中，人类因此而进步，尽管历时长久，但理智终将获胜。在这场冲突之中，最伟大的引擎就是文学。文学是一个巨大的水库，里面充满了真实的想法和崇高的感情，而人生正是由想法和感情构成。在一个失去了文学的世界里，一小群特立独行的天才进行的智力与情感活动很快会消亡，而他们也会退回一个狭小的圈子里。那些胸怀广博、情感高贵和慷慨大方的人由于无法接触文学水库而消亡。生活也随之堕落，因为荒谬的想法和琐碎的情感再也无法与天才们的想法和情感产生正向的共鸣。只有设想一个没有文学的世界，我们才能清晰地认识到，文学的功能就是让生活在平地的人感受到高峰之美。文学的存在，是让一个已经优雅地生活了一万年的人可以继续优雅地生活下去。这是一种生活方式，与生活的本质有关。

当然，文学还有其他次要功能，它让你以一种令人愉悦且无害的方式打发时间，让你获得片刻的、些许的快乐。有许多人，甚至有不少习惯读书的人，都只会利用这些次要功能，他们内心认为读书与高尔夫、桥牌、安眠药一样。然而，文学天才不会用这些方式打发无聊的时光，也不会考虑如此利用文学。

你是一个读过许多书的严肃读者，相信自己对阅读怀有真诚的热情。你尊重文学，绝不会将其与琐碎的目的挂钩。有些人之所以读书，是因为钟表刚敲过九点，但还不到十一点上床睡觉的时间，但你绝不是这样的人。内心真诚的渴望激励着你获取文学能够给予的所有东西，你为了这个目的一直读书，年复一年，直到白发苍苍。但在你不断从水库里取水的过程中，你是否曾盘点反思过自己获得了什么？你是否停下来根据自己的生活评估每天所吸收的东西的价值，或者想象一下正在吸收着什么？你感觉有所进益，或者文学的涓涓细流虽然没有赋予你活力，但也没有抛弃你，让你好像面临暴风雨的鸭子一样无助，这些迹象是否让你感到满意呢？因为你如果忽略了这些迹象，很可能在不知不觉之间，就逐渐变成吊儿郎当的人——只是因为人生太过漫长、无聊而阅读。此外，你所谓的神圣热情，很可能也只是一种药物成瘾。这个想法让你焦虑不安，你不耐烦地想要将其抛之脑后，但它却一再困扰着你。

你会不情愿地问，一个人该如何自省呢？又该如何衡量他从书里得到的东西的价值呢？如何才能够不为感情所蒙蔽，有效地测试他是否得到文学所有的馈赠呢？

这个测试没有表面看起来那么模糊，也没有那么困难。

如果与大自然的亲密接触没有让他感到兴奋——太阳、大地是人类情感的源泉，能激发最强烈的感情……

如果多种多样的美景没有让他感到躁动……

如果他对自己身边的人和动物缺乏好奇心……

如果他没有发现所有事情都是以一种有秩序的方式凝合成一个整体……

如果他总是暴躁、沮丧和嫉妒……

如果他悲观厌世……

如果他是那种整天谈论“这个充满欺骗的时代”“这个没有理想的时代”“这个歇斯底里的时代”，这个只有上帝知道的什么时代……

这样的人，即使他一天用二十个小时阅读公认的经典，即使他有天才的记忆力，即使他的学问媲美波森（Porson）①、判断力匹敌圣伯夫，他也无法收到文学给予的东西。其实，他是在浪费自己的时间。他除非以不同的方式阅读，否则还不如卖掉自己所有的书，或者把它们送给穷人，然后去打槌球。他之所以失败，是因为他没有吸收天才融入书中的精华，而是任其在眼前飘过；是因为天才馈赠给他信念、勇气、

① 理查德·波森（1759—1808），英国古典文学学者。

视野、高贵的激情、好奇心、爱、对美的渴望等品质，他却拒不接受；是因为天才给了他全然生存的机会，他却选择朦胧地活着——只有在观点和情感的压力下，一个人才能够说真正活着。这并非道德说教，而是一个简单明了的事实，所有那些知道这种压力的人都能证实这一点。

什么！你滔滔不绝地谈论莎士比亚的十四行诗！你是否曾听过莎士比亚高声吟诵：

> 多少个明媚辉煌的清晨，我看见
> 威严的朝阳把四射光芒洒满山巅
> 它那金色的脸儿贴紧碧绿的草原
> 用上界的炼金术使惨淡的溪水璀璨

然而某天早晨，你看到晨光洒满拉夫堡高架桥，看到泰晤士河上的阳光照射在杜瓦的威士忌纪念碑①上，却不会因为这种生活中的快乐而战栗？如果这样

① 杜瓦威士忌，由约翰·杜瓦1846年在苏格兰创建，是著名的威士忌品牌之一。

的话，你和莎士比亚之间就没有建立沟通。什么！你以所藏卡索邦①翻译的《马可·奥勒留》的精美版本为豪，并细细品味名篇的滋味：

> 这天，我会碰到背信弃义的人、无礼的人、喜欢干涉他人之事的人、怪癖的人、充满嫉妒心的人，以及欺骗他人的人。这些人分辨不出善与恶，才具备了这些不好的品质。我了解善与恶的本质，明白善是人们渴望的东西，而恶是令人厌恶和羞耻的东西。而且不管这些犯错的人是谁，他们都是我的亲人，这并非指他们跟我有血缘关系，而是指他们与我都分享着同样的理性与神性。他们怎么会伤害我呢？

当这抑扬顿挫的语调在你耳边响起时，你却去跟出租车司机吵架！

如果别人发现你不知道惠特曼，你的文学自我可能会感觉到羞愧。惠特曼曾写过：

---

① 卡索邦（1559—1614），法国新教神学家、古典学者。

你要理解我的意思——在万事万物之中，所有成功的果实里都会孕育出更伟大的挑战。

但是当你坐着汽车上山时，如果汽车在半山腰抛锚，你还是会情绪失控！

你觉得自己了解华兹华斯，他曾教导你：

宁静心灵的支持者
能够容忍时间的冒犯
从永恒的中心出发
所有有限的动作都会消亡
从此生活在永恒的光辉里

但是当你乘坐的火车在山洞里突然发生故障，你依然会非常不开心！

你现在读的《圣经》跟你的祖辈不一样，但是它们都能带来审美的快乐，尤其是阅读未列入《圣经》正典的旁经。你还记得：

不管给予你什么，都要欢欢喜喜地接受它，当你陷入困境的时候，也不要失去耐心。因为金子只有经过烈火的淬炼才能得到，而强大的人也要经过逆境的锤炼。

然而当你被一个女人鄙视时，你却会准备好躺下来装死逃避！

你觉得我举的例子荒唐可笑吗？确实，而且本来就是这样。但生活本身远比它们荒唐可笑。它们以一种最普通的方式呈现在你眼前，让你检验文学是否实现了启发、改变你的功能。

我认为，如果日常的事件和场景无法不断地让你回想并利用书中的观点和情感；如果读过的书不能强化你对美的认知，不能帮助你将具体琐事与普遍真理联系起来，不能舒缓你的愤怒，不能将悲伤变得庄严（不论身处何地）——那么你不管是否有意，都配不上读书人这个高贵的职业。你可能说我在进行道德说教，确实是的，我就是在进行道德批判。因为书籍能给予的东西与这群相对虔诚的读者煞费苦心得到的收获并不相同，想到此点，我就对他们十足的低效和乏味、沾沾自喜的失败感到震惊。我跟你一样，这种无能的情形令人义愤填膺。

在你开始阅读其他杰作之前，可以先列一张表单，把去年读过并且感到自豪的名著列出来。以名单里的第一本书举例，新年伊始时，你下定决心要进行系统研究，满怀热情地研读它，现在你可以检索自己的大脑。寻找那本书留给你的观点和情感。思考并回忆一下，在你日常与人交往的时候，那本书里的东西最后一次突然出现在你的脑海里是什么时候。那是一本历史书吗，让你突然明白了现代政治？还是一本科学书，让你从混乱中看到秩序，帮助你根据事实得出确凿无疑的推断？或是一本伦理书，它影响了你处理人与人之间琐事的做法？或是一本小说，帮助你理解并谅解了这个世界？又或是诗歌，像放大镜一样为你放大了美，或者像一团火焰温暖了你冷却的信仰？如果你能圆满回答这些问题，那么你对“与书籍为伍”的反思已经得到了令人满意的成果。否则，要么你选错了书，要么你误解了书的内涵。

如果自省的结果让你意识到自己的知识财富远没有想象的多，那么你该思考一下问题的原因。原因是多方面的。你可能读了没有价值的书，但我觉得这种可能性微乎其微。已有阅读习惯的读者，除非恰好是评论员，否则他们很少读没有价值的书。首先，他们忙着读公认的经典，很少有闲暇阅读现代作品。此外，时间或批评家早已经为他们去芜存菁。不！平庸之作根本不可能有机会蒙蔽严肃读者。

严肃的读者也不太可能选错了书。他可能以绝对或相对坏的方式选书。每个长期读书的人都有过这种独特的经历，就是突然看到一本多年以来耳熟能详的书籍。他读完这本久负盛名的书后，想：是的，这是一本好书，它让我感到快乐。但一段时间的沉淀之后，也可能经过半生之后，他的精神视野发生一些奇妙的变化。他再次拿起这本书，发现此书句句珠玑，意味深长，这是以前从没发现的。他说："我之前从未读懂这本书。"他并没有比过去更聪明，只是经历了一些事情。假设一个从没有见过钟表的人突然发现了一块金表，他能感受到金表的美。他欣赏这块表，并且享受这种快乐。他会说："这是一个美丽的小摆设，我非常欣赏这件让人欢喜的饰品。"你可以想象

如果有人带着钟表的钥匙到来，他会是什么感受——就像一道光线照进他的大脑，瞬间恍然大悟。同样的事情也会发生在孜孜不倦的读者最后的生命中。他没有钥匙，也从不会怀疑有钥匙存在。这就是我所说的绝对坏的选择。

你散漫地阅读了一些书籍，没有任何顺序，也没能留下深刻的印象，最终脑子里一团糨糊——这是相对坏的选择。书籍之间必须能够相互帮助，它们必须能够彼此弥补缺陷。需要某种指导原则才可能实现这一点。你会问："那么这个指导原则是什么？"我怎么会知道？幸运的是，没有人能制订你的原则，你必须自己给自己制订原则。但我会给你建议：在精神的世界里，重要的不是数量而是协调。就事实与观点来看，普通读者的初衷很好，但他们只满足于事物的名字，而非了解事物的本质——这是大错。他会就"是什么"这个问题寻找答案，但不会问"为什么"。他研究历史，但从不会猜想所有的历史都是由地理因素引发的。他是一个植物专家，可以向你讲述金幌菊的生长环境，但从不会费劲琢磨如果地球没有了植被这层外衣将会怎样。他在星光璀璨的夜晚散步，津津有味地向你介绍从仙女座到天蝎座的所有星座的名字，但是如果你问他为什么晚上看不到金星，他会告诉你他不在意这种科学细节。他还没有意识到，名字没有任何意义，满足视觉享受不过是微末的事情，而科学的细节才是充满想象力的远见赖以成形的基础。

我相信，大部分阅读都是非哲学的，也就是说，其中缺少能够让生活变得更加诗意的元素。除非一个人开始搭建知识体系（不仅仅是提纲），否则他的阅读必定是非哲学的。在他恰当地理解自己所钻研的领域之前，他一定对不同知识领域之间的相互联系有了一些概念。如果他不能画出一张导图，将遇到的所有知识分门别类地装进去，再以此分析各部分的关联性，那么他无疑是在浪费时间。有一些哲学作品一旦被掌握，就像白内障病人做了一场手术，那些“目盲”自此能看清任何事情表面与内在的因果关系。再换一种说法，这就像是在大脑里印上所有知识领域的地图。

斯宾塞的《第一原理》就是这种作品。我知道建议人们读《第一原理》几乎没用。光是听到这个名字就让他们感到害怕，而且这本书的价格和剧院贵宾席的票价一样高。但如果他们这样做了，几年之内就能看到了不起的成效！为什么？因为他们仅仅零散地阅读了《礼貌与时尚》（*Manners and Fashion*）或《科学的源泉》（*The Genesis of Science*）（收录在瓦茨公司出版的平价版《斯宾塞散文集》里）等文章，也可能感受到豁然开朗的神奇魔法和融会贯通所需的力量。在任何情况下，缺少这种自律的、协调的方法，是许多自省失败的主要原因。一道光线，一个宝贵的暗示，就能让读者的精神世界变得纯净和有活力，这是智力现象中最为美妙和神圣的一幕。有些人寻找那道光却永远无法找到，但大部分人从未寻找。

自省失败还有一个最主要的原因，它比我之前处理的更为简单——那就是缺少沉思。人们一直读书、读书、读书，丝毫没有意识到不付出进一步努力就想吸取作者的心血这种念头有多么厚颜无耻。他们不可能就这样吸收精华，而他们的一生之中，没有进一步努力的证据比比皆是。我可以说，一个人如果没有花费至少跟他读书一样多的时间来进行主动而明确的思考，那么他简直就是在羞辱作者。如果他没有努力从智力与情感两个角度弄明白作者与他交流的观点，并且在精神上共鸣，那么对他来说读书只是快乐的消遣，除此之外别无其他。这是一个让人沮丧的事实，但实情确实如此。它之所以让人沮丧，是因为沉思并不是一件受欢迎的脑力活动。如果一个朋友问你昨天晚上干什么了，你回答“我读书了”，他可能敬佩你，而你深感骄傲。但如果你回答“我在沉思”，他可能忍不住想笑，而你会忍不住脸红。我知道这一点，我曾有此经历（对此我无法做出任何解释）。但这无法动摇我的信念，我认为缺少沉思是令人失望的自省的主要原因。

写作这门手艺

看见生活

1

一只不谙世事的、缺乏最基本的后天教养的幼犬，一路缓慢地撒着欢儿走在富勒姆街人行道上，逐渐靠近玛利亚女修道院神秘的大门前。这是一只体形庞大的小狗，未来它将成为一只高贵的成年犬，但目前它乏善可陈，只有一种笨拙的优雅以及对生活的慷慨馈赠抑制不住的感激之情，这些足以将它与普通的小狗区分开。它是一个天真无邪的笨蛋。它本来可以进入女修道院，度过一段美好的时光，但它却离开人行道走到马路上——这是一片广阔有趣而且尚未完全探索的新大陆。它对自己的嗅觉、敏捷性以及上帝的慈悲充满自信，这种自信令人感动，却让人更加不忍。小狗漫不经心地瞥到不远处一个朱红色的庞然大物正在朝它冲过来，这个怪物有四个轮子，闪着金黄色的铜光，冒出一团白色蒸汽。小狗对此颇为不屑，认为那和地上散发出恶臭的东西没什么差别。下一刻它就一动不动地躺在地上了。它不应该对上帝的慈悲抱有信任，因为上帝最开始就指定了它成为受害者。

令人印象深刻的事情发生了。公共汽车不情不愿地减速停下来。不是差速制动器或脚刹，而是看不见的公共舆论及政府权力迫使它停下来。现场没有警察出现。理论上，公共汽车完全可以逃之夭夭，一路奔往肖尔迪奇①这个人间天堂，但现实里恐惧阻止了它。一个别着黄铜徽章、戴着时髦帽子的人出现了，骑在他脖子上的黑色魔鬼也随之出现，他们小心翼翼地走到幼犬身旁。不久前，公共汽车撞倒了骑自行车的人还可以若无其事地继续前行；但现在，即使只是撞死了一只狗，也需要进行尸检：这就是公共舆论的

① 即 Shoreditch，伦敦的一个区，自伊丽莎白一世时期起就是剧院聚集的地方，是当时的娱乐休闲中心，与伦敦西区不相上下。

力量被唤醒的结果。不远处出现两个警察的身影。

一场街头事故发生了，人群带着平静欣喜的心情围观，他们被动但坚决。小狗没有任何活着的迹象，它只是躺在马路上。随后一个男孩走向小狗。他抓着小狗的后颈，将它拖到路边的篷子下面。他非凡的首创精神注定他可能会有一个远大的前程。小狗被男孩放下之后，身体柔软地躺在地上，看起来就像是陷入睡眠一样。男孩抬起小狗的头做检查，但它的头却无力地垂下去。这只小狗已经死了，没有哀号，没有流血，没有断肢残骸！甚至车轮碾过幼犬的身体时，车身都没有明显的颠簸！这是一场极其干净和完美的事故！

围观的路人越来越多，他们脸上挂着天使般安详的表情。公共汽车上的乘客不耐烦地走下来，加入围观人群或者离开。两名警察正在与售票员及司机谈话。售票员和司机看起来紧张、不安又无可奈何，他们飞快有力地挥动双手；警察则不然，他们的动作缓慢而夸张，好像暗示他们站在永恒的一边。警察气势汹汹，如果给售票员和司机戴上手铐，他们俩就是妥妥的罪犯。售票员和司机也承认这两个笨拙的警察拥有绝对控制权；他们承认在警察的意志面前，此事所造成的不便、耽误的时间、减少的休闲以及被扣掉的工资等问题都不再重要了。警察表现出一副漫不经心的庄严神态，他们深知法官、监狱以及内政大臣本人——是的，一整套集阴谋、伪证、暴力体系——已经站在他们身后准备提供帮助。但警察对待售票员和司机的态度里，偶尔流露出一种无声的信息："毕竟，我们也跟你们一样都是上班族，钱少事多，而且为冷酷无情且不老实的公众服务时，我们心里抱怨连连。我们也有老婆孩子，生活贫困，被各种烦心事折磨着。我们也不得不绝望地挣扎谋生。只是我们身上的衣服和吊在手腕上的玩意有一种可怕的魔力，在我们之间划下了鸿沟。"售票员和一名警察都在写着什么东西，而路上的车流划着优美的弧线，主动从他们身边绕开。

人群仍然在聚集，他们盯着事故现场，享受着这种极其空洞的快乐。一个胡子刮得很干净、打扮得体的中年男子从公共汽车里走下来，胖胖的手里拿着一份《运动家》报纸，下车之后就开始跺脚。他恶狠狠地说："去年我被一辆出租车撞倒，但没人在意。现在他们要停在这儿，一整个早晨都盯着这条野狗吗?"虽然这个人外表端庄得体，但他的嘴脸开始变得卑劣，嘴里吐出一连串不敬的言论，他还拿出自己的车票，大声咆哮已经付过车票钱了。随后一个人推着一辆垃圾车过来了，他穿着制服，停下来跟其他穿制服的人聊了很长时间。人群既没有挪动位置，也没有停止围观。聊完之后，这个人弯腰抓起这只无主的小狗，将它柔软的身体扔到垃圾车里，推着车走了。小狗身上一些不朽和神圣的东西仍然遗留在那里，就像是看不见的蒸气一样，在惨剧现场逐渐飘散。

人群不知疲倦，仍然专心致志地看着。四位当事人也仍在做笔录。围观人群里没有人知道他们在说什么。最后司机终于抽身走开，他退后之后，又一场对话很快开始进行。但无论如何，所有事情都结束了。警察巨大的脚后跟一动便转身离去，而司机和售票员则奔向公共汽车。鸣笛之后，空空如也的公共汽车消失在沃尔汉姆格林街的拐角。现在，人群渐渐散去，但他们离去得不情不愿，许多人仍然全神贯注地盯着小狗躺过的地方，或者警察站过的地方。直到相当长一段时间之后，这次街头事故作为一种谈资的影响力才会完全消除。

这一天，这些围观的人会凭直觉跟熟人说：“今天早晨，我在富勒姆街看到一条狗被公共汽车撞了！狗死了！”

这就是他们所有的评论，也是他们目睹的所有内容。他们不会也不可能通俗易懂地讲述这件事有趣的细节（他们最多能说出狗的品种或者是几路公交车）。他们看到了一只狗被撞倒。他们没有分析过自己的感情或者这个事件。他们见证了整件事，但就像一个蹩脚作者只会写些陈词滥调，他们的叙述没有一点新意。他们什么都没有观察到，也就是说，他们没有真正看见任何事情。

2

我们最好不要对围观人群产生优越感。因为我们大家都一样，只是看见，而非洞见。我们的观察能力时灵时不灵，跟昏迷有点相似。而且，我们只是“看见”就满足了，不会再想着“洞见”。

如果我们已经知道观察者应该主动而非被动，我们下定决心要努力让自己摆脱这种“昏迷”的状态，真正看见这个世界的场景（这个场景远胜于马戏表演甚至是街头事故，能够引起你持续的强烈的兴趣），那么随着时间流逝我们会慢慢发现，“洞见”这个动作看似简单，其实并非如此。比如一个人下决心，早晨去办公室时，留心观察沿途的事物，但结果很可能是好几个早晨过去了，他看到的都是无足轻重的琐事，他的视角体系也扭曲得面目全非。毫无疑问，不同寻常的新奇事物会吸引他，让他对根本、普遍的东西视而不见。旅行的时候我们所有人都是观察者，但作为游客的所见所闻通常会暴露出我们扮演这个新角色时有多么生疏。

一个初次去巴黎的英国人，他会马上观察到，巴黎市郊的火车和英国电车一样，车顶上还有座位。这项新奇的发现让他很激动，因此他几乎再看不到其他事物。这件事占据了他视野里的主要位置。当他回家之后，他会宣称，巴黎的人们坐在火车顶上。而一个法国女人初次来伦敦——没有一个英国人能够猜到，到底什么事情最先引起她的注意。这个女人看到一只猫在大街上散步。这个场景让她感到兴奋。因为在巴黎，猫从不会在大街上漫步，那儿没有带花园或空地的房子，成片的公寓楼也不适合养猫。我还记得自己初次把观察当成一项有趣的消遣的日子，夏天很早就会起床，趁着黎明之前在伦敦城里闲逛，寻找有趣的素材。有一次我注意到，通宵营业的咖啡馆门前，地面就像是鸡蛋壳一样白。我当时感觉自己需要一场白内障手术！我还记得曾经带一个从没看过歌剧的人一起去看歌剧。当时上演的作品是《罗恩格林》①。当我们看完出来时，他说："天鹅的脖子非常僵硬。"这就是他说的所有内容，然后我们去喝了一杯。他没有说错，他的观察很公正，但是他的视角跟那些文学评论家一样。文学评论家会用十行指出三处语法错误，然后只用三行承认，这部小说没有那么枯燥。这完全

① 德国作曲家瓦格纳创作的一部三幕浪漫歌剧。

是本末倒置。

一个人或许有能力观察到大量事实，但他仍然处于观察的初级阶段。我曾在某篇文学评论里看到，狄更斯能够从一条繁华的长街这头走到那头，然后依次告诉你所有店铺的名称；作者据此说明狄更斯细致入微的观察能力。狄更斯是一个了不起的观察者，但如果他能够少关注这些微不足道且毫无章法的细节，一定会更加了不起。好的观察并非关注复杂多样的细节，而是以相对重要的实事求是的视角将细节相互联系起来，从而在尽可能短的时间里形成最终的整体认知。高明的观察者是不必改变自己想法的人。一个人只要将现在对密友的印象与初识时自己对他的印象进行对比，就能够发现自己多么欠缺观察能力。你真正了解的那个人，跟当初刚进你家客厅被引荐的那个人，几乎是两个不同的人。

顺便提一句，人们一厢情愿地认为，有三类物种能够在初次见面时就对一个人做出鞭辟入里的判定，他们是女人、孩子和狗。按照谣言所言，他们具有这种神奇的天赋，永远都不会出错。但这并非真的。女人依据“女性直觉”做出的判断总是会犯错，她们有时也会承认这一点，而在婚姻法庭里，比类证据比比皆是。孩子比女人更经常犯错。至于狗，众所周知，它们总是会被看似可信的恶棍欺骗，而且狗的视角非常奇怪。我曾不止一次看到过被欺骗的狗。然而，女人、孩子和狗绝对不会出错儿的美好传说将会继续在盎格鲁-撒克逊国家里流传下去。

3

有人对自己的同类感到好奇，所以他开始观察他们。一般来说，这个人越聪明，越有好奇心，他观察到的东西就越多。单单是满足好奇心，这就是一件值得做的事情，而且它也足以成为系统观察的理由。但观察的目标可能、也应该用更宏大的术语来表达。好奇心是人类最崇高的社会美德（而冷漠则是最卑劣的缺陷），因为这会揭示性格和脾气的成因，进而让我们更好地理解人类行为的动机。观察无法直接达成这项崇高的目的（除了道学先生和其他轻浮之人）；然而，这是一项道德行动，必定会提升亲切感，不管我们是否喜欢。它还会加强美感。丑陋的行为，比如一个残忍的做法，当它的起源以及它在宏大事件里的位置开始被理解之后，就会呈现出艺术之美。从历史角度来看，我们能从平静地观察所有类型的行为中获得审美的乐趣——比如，审视一位文艺复兴时期的教皇或者萨沃纳罗拉①。观察能够给我们的日常生活和街头景观带来历史特有的浪漫，并且会刺激慈善事业——我不是指签支票捐赠的慈善，而是指一种更难理解的慈善。观察者有一件事情不能忽视，那就是他真正要努力看见的是生活，是他对门的女人，是火车上的某个人——而非抽象概念的集合。要想拥有杰出的观察力，学会欣赏这一切是鼓舞人心的第一步。

4

第二步是认识到，所有的物理现象都相互联系，

① 意大利宗教改革者。

这个世界上没有什么与其他事情没有关联。所有引人注目的感官场景——眼睛看到的、耳朵听到的、鼻子闻到的、舌头品尝的、皮肤感知的——都与人类的行为互为因果。任何事情都是不容忽视的，都是整体的组成部分。那些超越了其他人，为了自己而洞见生活真谛的人——我指的是小说家和戏剧家——应该拥抱所有让他感到好奇的现象。但人类能力有限，他无法做到。他当然做不到！但通过对整体形成广泛的认识，他可以准确判定一系列由直觉引导关注的独特现象的地位以及相对重要性。如果他无法因此想象自己特殊兴趣的庞大背景，那么他将失去体会事物间的相互影响及各自重要性的宝贵感受。没有这种感受，所有专长都会被扭曲，并且必定逐渐暗淡。

在这个星球上，影响生命的主要因素就是地球本身。对生命的存在展开合乎逻辑的研究，必然从地理及气候现象开始。这是显而易见的。如果你说自己对气象学或者地球构造不感兴趣，我觉得你是在欺骗自己。你确实如此。东风会让你肝火大盛，因此你骂自己的妻子泄愤。无疑，关于英国最为重要的事实是：

它是一个岛国。我们在赫布里底群岛①漫游时，会谈起这些岛民的优点和让人恼火的缺陷；但我们理应想到，我们英格兰人其实跟他们一样，只不过他们的地域小一些而已。媒体虚荣地将我们称为“强健的海岛民族”，但从任何字面意义来看，我们都是不折不扣的孤立存在，这一点确凿无疑。怎么不是呢？如果你真正观察大英帝国，最突出的结论就是它被海水环绕着——我们总会下意识地忽略这个事实——这能够解释英国人生活中许多琐碎的现象。地理知识是洞察力之母，因为地球上各种不断变化的物理特征，是原始生命在陆地上进化的一个主要影响因素。

其他所有影响因素都是次要的，是受人类的性格与脾气影响，然后又反过来影响人类的性格与脾气。其中最明显的可能是道路与建筑。没有什么比英国的道路更有英国特色，也没有什么比法国的道路更有法国特色。你从法国来到英国，假设从福克斯通②进

① 位于苏格兰西部的大西洋中，由内赫布里底群岛和外赫布里底群岛组成。

② 位于英国英格兰东南部肯特郡的一座港口。

来，一路所见的建筑绝对引人注目且具有非凡的力量（如果注意看和观察）。你可能会说，在福克斯通没有大型建筑。但与其他城镇一样，福克斯通有许许多多的民居，就像森林里长满了树木。当火车一路驶来，你会看到坡下有成百上千错落有致的低矮房屋，这些房屋干净整洁、体面舒适、排列有序，透露出一种朴素却自信的气息。每一座房屋都是一个独立并且界限清晰的实体！每一座房屋都传递出这样的信息：“别窥探我的隐私，我也不会窥探你的隐私！”每一座房屋都拥有坚定的决心，立志捍卫自己的个性。每一座房屋都是一座堡垒，也是一个岛屿。所有不经意的细节最终构成了令人印象深刻的整体效果。你眼前就是英吉利民族。你的儿子也身处其中，他坚持自己的房间不可侵犯！你如果真的想看见真实的生活，就不能对这种激动人心的现象视而不见。

然而，一个缺乏经验也没有向导的人带着好奇心走过法国和英国的街道后，只会发现，英国的路灯立在路沿，而法国的路灯靠近房屋边缘。并非说这个细节不值得注意，路灯确实在那。法国的路灯是我们所谓法国街道“有趣特色”的一部分。我们说法国的街道充满特色，这样说好像英国街道没有特色一样。这就是盲目——只有旅行和逻辑（最可能是常识判断）能够治愈。如果欧洲大陆上的城镇以壮丽宏伟让某人印象深刻，那么他会进行推理，认为英国城镇的主要特色就是破旧和凌乱邋遢。确实是这样。但有些人在曼彻斯特、利兹、赫尔、汉利生活了五十年，也没有注意到这一点。英国人的习性藏在这种糟糕的不修边幅里，两者互为因果。每一条街道都是居住在里面的人的一面镜子、一张图解、一份说明书、一段注解。其中没有任何事情能够被忽略。如果坚持这种视角，你会发现里面所有的事情都有价值。然而，英国文学里有一些充斥着狭隘的个人主义的小说——其中一些还是最优秀的作品——作者在这些作品中将家庭生活描写得好像存在于真空中，或在撒哈拉沙漠里，或在天地之间一样；好像它不会对任何事产生作用，也不会被任何事影响；好像它不必借助于任何外物就能独立存在。如果一位读者想要或者已经获得看见真实生活的能力，这样的小说怎么能够让他们满意呢？

5

一个社区的存在方式由直觉与影响力相互作用的最终结果决定，后者通过居民的面部表情表露出来。这个指标既不会说谎也不会否认真相。破译这种表情非常容易，也极其有趣。它是如此公开、坦诚和普遍，以至于不可能看不到它。但绝大多数人都没有看到。我们听说有人站在伦敦桥上，统计一个小时之内过桥的公共汽车、行人、货车以及白马的数量。但我们从未听说有任何人统计过，过桥的那些人快乐还是不快乐，诚恳还是流里流气，精明还是单纯，亲切还是残忍。公众可能会感到惊讶，各行各业的伦敦人脸上从悲伤到阴郁不一而足，而且他们普遍行色匆匆、阴沉地思考着什么。在社会学的证据里，这种明显的事实是至为重要的。观察到这一点的人，可以理直气壮地召集立法机构、内阁、教会、统治阶层，告诉他们："看看这些脸，别再吹嘘你们的成就了。气候和工业体系完胜你们所有人。"

6

不知为何，所有的人类观察最终都会着落于个人身上。当我们开始观察个人的时候，前述的一般建议都应该放到意识的后面去，以一种模糊或者几乎难以察觉的方式，辅助并影响你的判断。如果这些建议没有发挥什么作用，它们至少让观察者认可所有现象都相互关联这一非常重要的想法。尤其是在英格兰，偶然的细节是影响大脑运行的主要因素。

在评估个体的时候，我们不仅容易忘记他身处的环境，还会——非常奇怪地——忽略他身上许多明显可见的证据。比如，没有经验但满怀热情的观察者除了观察对象的脸，竟然看不见其他所有事情！如果告诉他脸是心灵的反映，所有的想法和情绪都会在脸上留下痕迹，那么他的心神全部集中在脸上，将其当成一个独立且自成体系的现象进行观察。他如果是上帝，从不犯错，当然光看脸就能发现所有真相。但他注定会犯错，而且由于视野范围受限，他也把纠正错误的机会降到最小。毕竟，脸只是一个人身体结构中非常小的一部分。一个英国人看到一个女人的脸，评价她是一个漂亮或者普通的女人。但一个女人可能长着一张普通的脸，但从身材来看却算得上是美人，（可能）反之亦然。脸确实能反映出心灵；同样的，举止和姿态也是心灵的反映。如果一个人注意观察，就会发现系鞋带也是内心的流露。一项证据可以用来纠正其他证据。一张精致的脸可能被笨拙的手指破坏美感，眼睛可能与声音不搭，或者步态让笑容失色。

一个人在伦敦街头的公交车上不经意表现出来的举止，绝对不是没有意义和可以忽略的。

观察时我们普遍会犯一个错误，即陷入思维迟钝所造成的某种特殊状态中。我们抬头看时可能会看见那种现象，但那一刻我们将其特殊化了，而没有努力想象它在其他时刻可能是什么样的。

比如，某天早晨，一个成年男性醒来后不情愿地起床。他是个身材高大的男人，跟妻子与孩子一起住在狭小的屋子里，不得不适应逼仄的空间，穿行其中为一天的工作做准备。他就像你我一样。他想要吃早饭，更想找到自己的鞋子去哪了，健康和钱的问题一直如影随形地折磨着他。不管他多么以自我为中心，他多少都得调整自己的个性，使之与妻儿的性格相协调。作为制定或接受法律的人，他比往常稍微晚了几分钟出发去值勤。他到达办公室，面对自己喜欢或讨厌的同事，随后离开办公室，开始长达数个小时的巡逻。就在巡逻途中，他碰到一只被公交车撞死的小狗。你也正好在现场围观。当警察来了的时候，你会怎么想呢？你会说：“哦，来了个警察。”因为他恰好是一个警察。你盯着他看，除了他是个警察外没有发现其他事情。他穿着蓝色制服，衣服上有铁扣子，一张人类的脸，一顶头盔，这些装束让你判定他是一名警察，是“法律坚定的捍卫者”。对你来说，他面容模糊，身上的人性色彩就跟代数符号一样少。总之，他是一名警察。

只是，这个词实际上没有向你传递任何其所代表的现实意义。你对它感到满意，就像你满足于对某种疾病的描述一样。一个朋友告诉你他的视力变差了。你对此表示同情，然后问道：“这是什么病?”“青光眼。”“啊！青光眼!”你不知道什么是青光眼，也没有比之前更了解，但你很满意。一个名字就满足了你。同理，“警察”这个名称满足了你，似乎让你不再对这个现象感到好奇。你已经见过成千上万个警察，但从没有见识过一个警察哪怕百分之一的真实生活。在这里，你的想象力没有真正发挥作用。

对于没有真正认识警察这件事，你可能有许多借口，例如他身上的制服掩饰了许多事情。但是你——我不单单指你，而是包括你、我在内的所有人——也没有真正认识普通民众。比如，我们进入那场街头事故的公交车里，观察陆续上车的男人和女人。我们可能会吹嘘自己对这种生活场景抱有兴趣。公交车里的所有人都从过去来，正向未来去，但我们的想象力是否经常让我们意识到这一点呢？我们可能会仔细观察，但是由于我们的态度有着根本的缺陷，我们观察到的不是具体的个人，而是一个独特的群体，这个群体在公交车上度过全部生命，他们只存在于公交车上，而且只存在于这一刻！只有当想象力向过去溯源并且向未来延展时，我们才能够真正认清人类。这是观察个人的最后一个过程。

7

我已经尽力向你展示，认识生活不是从认识个人开始，也不以认识个人结束。个别的、非体系化的观察不可能一直持续下去，因为它没有目标，也没有明确的结构。在观察的初期，我们把个体从系统中挑选出来，因此这些个体在后期将会形成新的群体，而新的群体如何形成将取决于观察者个人的喜好。观察者最浓厚的兴趣最终将观察活动引向对他最有利的方向。如果他对组织现象感兴趣——我恰好如此——他将会看到重新组织的新群体中的个人，他还会坚持认为群体分化会影响类型的变化。如果一个人确信——和大多数人一样——我们的社会正处于关键时刻，如果没有办法做出一些神奇的改变的话，那么整个体系就会彻底崩溃。他将会认为，人类的困境需要变革来改变，而不同的变革会将人类分成不同的群体。如此种种。这些个人倾向不该被强烈抵制，它们让观察变得个性化，不像机器那样冷冰冰的。但是一定程度上你还是要抵制它们，因为不论它们是什么样，都会使人变得感情用事——喜怒无常，情绪微妙得难以描述。这正是常识的大敌。

创作小说

1

小说家是已经看见真实的生活的人，所见让他们如此激动，以至于必须传递给其他人。他们认为叙事性小说就是表达这种感受最生动的载体。他和其他艺术家一样无法保持沉默；他忍不住要对别人说，而且心中充满各种想法；他一定要倾诉，因为这件事太过激动人心！但他跟大部分艺术家也有一点不同——最打动他的是难以定义的人性，也就是人类存在的一般方式。当然，他也是从初级逐渐进化而来。今天，在咖啡馆、俱乐部或者路边，你仍可以看到初级的小说家在向熟人传递他们碎片化或者粗糙的生活观察。他们属于最低层次的艺术家，但他们确实是艺术家，而他们采用的方法就是小说写作的基础。大师们长久以来的锤炼，让小说暂时获得比其他艺术形式更高的地位。当你经历无数有趣的阶段，最终成为一个有影响力的作家时，你的生活愿景将变得包罗万象、精细复杂且异常强烈，理所应当选择小说这种伟大的传统形式进行传播。

我不会声称在伟大的传统艺术形式里，小说是至高无上的。即使确实存在某种最伟大的艺术形式，我也不关心是哪种。我相信沙特尔主座教堂①、古希腊的雕像、莫扎特的《唐璜》② 以及保罗·辛克威尔(Paul Cinquevalli) 的杂耍是世界上最为美好的东西，更别提莎士比亚或尼金斯基 (Nijinsky)③ 的成就。但散文小说作为一种文学类型，确实有卓越之处可供讨论（甚至现代史诗里的大部分东西都是从散文小说里沿袭的)。小说包罗万象，始终具有独特的优势。与

① 位于法国沙特尔市。

② 莫扎特创作的两幕歌剧。

③ 瓦斯拉夫·弗米契·尼金斯基（1890—1950），波兰裔俄国芭蕾舞者和编舞家。

托尔斯泰的《战争与和平》相比，圣彼得大教堂①微不足道；此外，我们可以确信，在现在这个时代，即使有人写的史诗只有《战争与和平》一半篇幅，也没人会读。

小说家（也包括戏剧家，他们是次一级的小说家）经常抢其他作家的饭碗，这让他们“臭名昭著”。画家也经常这么做，作曲家做得更多，但他们加起来也没有小说家攫取的多。画家和作曲家冒险的计划经常会遇到困难，但小说家总能成功地借鉴、吸收并且融入其他元素，这一点无可否认。从风景画到社会学，生活趣味的方方面面都被融入小说里，没有什么不能融入其中。我们不必回溯斯科特以前的时代去观察小说如何逐渐提升自己的地位！自诞生以来，它已经征服了许多领域。在过去十五年里，它不断成长。如果她跟大英帝国国旗同一个颜色，那么整个世界地图将很快变成红色。不论这种形式在艺术世界里地位

① 圣彼得大教堂建成于17世纪末，是文艺复兴时期的代表性建筑。

如何，作为一种传播充满激情的生活愿景的方式，它如今确实罕有敌手。由于小说最具包容性和适应性，因此拥有最为广泛愿景的作家会发自内心地选择这种形式，现在和未来都会如此。事实上，在我们变得更老之前，如果小说按照现在的速度继续发展，它将会重回伟大的巴尔扎克抵达过并在 1850 年去世时留下的巅峰位置。这就是小说的地位。

2

有两种品质是小说家理应具备的。第一种是美感——对有创造力的作家来说，这是必不可少的东西。每个有创造力的作家都在不同程度上拥有它。作家依靠直觉工作。显然，没有人的直觉会吸引他从事自己厌恶的东西。不管小说家写下的是什么类型的生活，他都受它诱惑、为之着迷，也就是说，他看见了蕴含其中的美。他不可能因为其他原因而创作。他可能看见了某种陌生的美；他可能看见了某种此前从未有人见过的美——实际上他确实看见了；他可能看见了某种除了某些怪异之人之外，谁也无法看到的美。但他确实看到了美。你看完了一本吸引你的小说后，批评作者没有美感，这是不恰当的。（光是你满怀兴趣地翻看他的书，就已经对这种批评做出了回应。这种批评和评论家说“布兰克先生创作了一本激动人心的小说，但不幸的是他不会写作”一样愚蠢。布兰克先生已经写成了，而且他的作品足以让一个评论家为之激动。）明智的人会说，作家的美感暂时与自己的美感不一样。

几乎所有独树一帜的小说家都曾被指责缺少美感，但很少有人以此指责平庸的小说家。即使在极端的情况下，这种说法也是错误的；可能在极端的状况下，这种说法错得最离谱。我并不是指左拉这种个例，他从来不会走向极端。我指的是，例如，吉辛，他是一个真正的极端主义者。现在人们普遍认为：他从人类生存中看到了一种明确的、未被发现的美，而且迄今为止没有艺术家放下身段严肃地审视这种美。我还指于斯曼（Huysmans）①，他甚至更加极端。可

① 若利斯·卡尔·于斯曼（1843—1907），法国小说家。

能没有哪部作品像于斯曼的小说《结婚》（*En ménage*）和他的描述性散文《上路》（*En rade*）一样，肆意地描写肮脏和丑陋。这两部作品以一种愤怒的方式再现了日常生活中污秽丑陋的一面，然而它们却具有一种独特的魅力。即使于斯曼的代表作《大教堂》（*La cathédrale*）被人遗忘了，人们也会继续阅读它们。不管于斯曼可能说了什么，我们都难以想象他没有被书写对象的神秘美丽迷住，不曾陶醉其中。

小说家，甚至是所有艺术家都理应具备的另一种品质，就是满怀激情的强烈愿景。除非这个愿景拥有强烈的激情，否则不会感动作家，让他们有表达的冲动。作家没有感到内心郁结，想要传递它的动机也就不复存在。读者心中产生的所有美好的感情，之前必定已经被作者体会过，而且其程度更加强烈。有时候读者因为书中惨痛的故事而伤心欲绝，他就指责作者冷酷无情。这样的事情并不罕见。这样说的人肯定不知道小说创作的繁复过程。

3

美感和满怀激情的强烈愿景是小说家理所当然该有的品质。但小说家还有一种重要的品质，没有它，其他一切都变得无用。那就是敏锐的头脑。一个伟大的小说家必定拥有优秀的大脑。他的大脑必定富有同情心而且反应敏捷，拥有勇敢、诚实、幽默、温柔、公正、仁慈的特质。他必定能够设想完美的世界，同时不忘记我们所生活的是一个现实世界。最重要的是，他的头脑满是常识并被常识支配。总之，他的大脑必定拥有高贵的品质。除非他能有这样的头脑，否则到最后他也无法被认为是一个出众的作家。每时每刻，他脑海里的思想都在纸面上跃动，这才是重要的——他透过大脑这扇“玻璃”看见生活。其他所有品质都是次要的，也是可有可无的。菲尔丁（Fielding）① 在英语小说家里出类拔萃，因为他高贵的思想无与伦比。读者以毫无保留的热情阅读他的作品，因

① 亨利·菲尔丁（1707—1754），英国现实主义小说家。

为他们在字里行间感觉到自己与一个高尚的灵魂建立了密切的联系。后来的小说家不论技巧多么高超，都无法撼动他的地位。只有当一位头脑更加高贵、常识更加丰富的人碰巧拿起笔创作时，菲尔丁才会退居次席。人们越来越开始相信，狄更斯的思想比较普通，他缺少面对真相的勇气，还缺少一些微妙的认知，这些让他的名望开始下滑。至于萨克雷，他的思想配不上他伟岸的身材，再加上其他一些缺陷，所以他难以进入不朽的行列。

以下这些话我难以启齿，而且在一个作家们不在意艺术形式的国度里说这些话十分危险，但我还是要说。这么多年过去了，我对小说的技巧越来越不看重。我喜欢技巧，还曾努力在英格兰推广它，让人们意识到技巧有多重要。但我现在不得不承认，小说在现代的发展不会支持我的论点。唯一的例外就是屠格涅夫（Turgenev）。就我个人的标准而言，世界上其他伟大的小说家，要么忽视了技巧，要么没有理解它。最好的外国小说比最优秀的英国本土小说更好地理解了形式，这种看法是多么大的误解！巴尔扎克

(Balzac）就是一个非常粗心大意的人。他甚至无法掌控一个句子，更别说整本书的形式。比巴尔扎克更加伟大的司汤达（Stendhal)①，他对技巧的蔑视广为人知。司汤达在代表作里曾写下这样的句子："顺便说一句，我前面应该已经告诉过你们公爵夫人——！"还有位比巴尔扎克或者司汤达更加伟大的作家陀思妥耶夫斯基，他的代表作《卡拉马佐夫兄弟》是一部十分出众的作品，但也像一块匆匆造就的、外表崎岖不平的巨大金块！任何在大学里教授小说艺术的老师都能指出陀思妥耶夫斯基笨拙和粗心的地方。福楼拜还曾对《卡拉马佐夫兄弟》进行过详细的评论，这有什么意义吗？再举一个不那么出名的例子，已故的马克·拉瑟福德（Mark Rutherford)② 写作技巧滑稽而且业余，但他却是人们非常喜欢的小说作家。

当我们开始考量技巧精湛的作家，比如莫泊桑和

① 司汤达（1783—1842)，原名马力-亨利·贝尔，司汤达为笔名，法国批判现实主义作家。

② 威廉·黑尔·怀特（1831—1913)，英国小说家、评论家。长期用"马克·拉瑟福德"的笔名发表作品。

福楼拜，我们能够说技巧拯救了他们吗，或者技巧稍微弥补了他们思维的缺陷？他们都是优秀的作家，但两人现在不可避免地被视为二流作者。人性就是这样。莫泊桑带着些微的情色标签，他的作品当然还是会被人们饶有兴致地阅读，但他已经被分级。现在，不管莫泊桑多么杰出，都不会有人幻想将他放到第一流作家的行列里。福楼拜的地位开始下降，这是法国现代文学批评最为显著的现象。人们发现福楼拜的头脑不够高贵——事实上，他有一个冷酷的、没什么活力的大脑。《布瓦尔与佩库歇》(*Bouvard et Pécuchet*)①完美地证明了福楼拜已经丧失了这个世界的人性，他备受幻想的折磨，认为自己生错了星球。写作技巧闪耀的光芒变得暗淡，傻瓜甚至以此反对他。从部分人类活动上，即文学技巧方面，他的大脑看起来确乎高贵。他的通信大部分都在讨论文学技巧的问题，今天来看那是他最好的作品，他的同侪们都将其视为神奇的灵感源泉。因此我认为小说家的一个重要品质就是他的头

① 福楼拜未完成的一部长篇小说。

脑（除了那两个基本条件之外）。正是这一点而非其他东西造就了他的朋友和敌人，而技巧的影响微乎其微、转瞬即逝。我再次重申，对我来说有些难以启齿。

我开始意识到，伟大的小说作家在神秘的艺术天性的驱使下注定成为“业余爱好者”。在所有伟大的作家身上都有一些业余的东西。我不知道为什么会这样，可能是他们的力量感充盈全身，所以他们不耐烦进行精密的系统研究，也不愿意为了一丁点完美耗费心血不断尝试。确实，没有一个伟大的作家曾成为知识渊博的学者，他们有其他目标要实现。每一个作家，不论重要还是不重要，他内心都知道艺术里充满了巧思，他渴望快速推进自己的创意，因此不愿意两次、三次或者十次地重复创造——重复多么违反人的本性！这一点情有可原，也是作品里充满奇思妙想的原因。我们可以拿莎士比亚进行说明。他是一个非常不拘小节的人，他的写作方法会震惊福楼拜。事实上，莎士比亚的业余之处在晚年暴露无遗，但似乎没人在意。如果福楼拜更业余的话，他将会成为一个伟大的作家。

4

在被忽视的技巧问题中，构思（或者说结构）是更重要的部分。它是艺术的一部分——所有的艺术，跟随灵感而来。这是一个含义丰富的词，包含着艺术家与生俱来的、无法后天获得的所有东西。而技巧中不那么重要的部分，或许可以说是修辞。

小说里构思的规则非常少，但它们非常重要。然而，伟大的小说家却经常轻视或者无视规则，甚至因此损害了他们的作品。在我看来，第一条规则就是兴趣必须集中；它不能均匀地泼洒在画布的各个部分。将一种艺术比作另一种艺术可能有危害，但将小说比喻成画作却非常合适。在一幅构图精巧的画作里，观众的眼睛主要被某个独特的点吸引。如果眼睛同时被数个点吸引，那么我们就会责备画家将兴趣点分散在各处。小说也是同样的道理。一本小说必须有一个、两个或者三个主角，这几个人在其他人之上。他们必须在前面，而其他人处于稍远的位置或者背景里。

而且，这些人不管是圣人还是罪人，都必须以让人更加同情的方式出现。如果做不到这一点，那就是灵感出了问题。作者挑选一个主角的唯一动机就是对那个角色的爱，否则还有什么其他理由呢？主角对艺术作品来说至关重要。但与其说是所挑选人物的一系列行为成就了主角，不如说是艺术家对这个角色的同理心。有人说主角已经从现代小说里消失了，这种说法很荒谬。只是随着时间的推移，主角的特征自然而然地发生改变。虽然萨克雷将《名利场》称为“没有英雄的故事”，但这本书里还是有一流的主角，没人比他更明白这一点。他的意思是，他讨厌当时主角身上一系列约定俗成的特征，他改变了主角的类型。自从那时起，我们越来越不喜欢多宾斯①，主角的类型也一再变化。当我们开始对庞德莱沃②感到厌倦，重大时刻将会来临。

伟大的小说家会被洋溢的创作激情所引诱，肆意分散他们的兴趣。在托尔斯泰的两部代表作品里，就

---

① 马克·吐温小说《汤姆索亚历险记》里的角色。

② 小说《托诺·邦盖》中的人物。

能看到这种强烈的诱惑。严格来说，《安娜·卡列尼娜》不是一部小说，而是两部小说合在一起①，作者在创作时备受这种诱惑折磨。至于《战争与和平》，读者徜徉其中时就像在森林中游荡一般，迷路，失去方向感，找不到任何路标；他们时不时碰到一张神秘的面孔，然后绞尽脑汁，徒劳地回忆他的身份。梅瑞狄斯的作品篇幅稍短，但犯了同样的错误。谁能够肯定地说出，弗莱明姐妹俩究竟谁才是《罗达·弗莱明》（*Rhoda Fleming*）真正的女主角？梅瑞狄斯一口气写了将近两百页，但里面几乎没有罗达的身影。作者似乎不止一次地忘记，不诚实的小男孩阿尔杰农并非故事的男主角。

构思的第二条规则是必须维持趣味。大体上这一条跟第一条可能只是视角不同。趣味可以增加，但绝对不能减少。构思有一个特殊的侧面，我们称为结构

① 《安娜·卡列尼娜》由两条既平行又相互联系的线索构成：一条是安娜与卡列宁、渥伦斯基之间的家庭、婚姻和爱情纠葛；一条是列文和吉娣的爱情生活，以及列文进行的庄园改革。

或者情节。当我提到趣味的时候，我指的是故事本身的趣味，而非作者用自己的思想不断摆弄材料的乐趣。相应的，当故事的趣味得以维持时，情节就是好的；否则，情节就很糟糕。衡量结构好坏只有这一条标准。特定阶层的读者会把故事里使你“无法弄清即将发生什么”的情节称为精妙。但在一些最为无聊的小说里，你同样无法弄清接下来会发生什么，而且你根本不在乎接下来会发生什么。我们几乎可以说，当你“想要弄清接下来要发生什么”时，情节才是精彩的！好的情节会让人迫不及待地猜测接下来要发生什么。

当读者被误导时——并非作者故意，而是不专业导致——小说的结构就是差的。优秀的小说里这种灾难不经常发生，但真正优秀的小说里频繁发生另外一种灾难，即在关键时刻挑逗读者，没有目的、随意或者粗心地将焦点从当前主题转移到不重要的主题上。《罗达·弗莱明》第三十一章里就有这种不成熟的把戏。读者们渴望看到罗伯茨和罗达见面的场景，但作者无法控制自己反复无常而且荒谬的幻想，用整整十六页描述年轻的克纳弗如何对违法所得的一千英镑胡思乱想。这十六页写得非常棒，但无法掩盖全书构思随意而且散乱的现实。

爱德华时代和乔治时代的人都会赞赏维多利亚时代的小说，他们习惯宣称虽然在各种伟大的小说里，事件—情节可能有些松散和随意（即有些粗糙），但是想法—情节通常都是严谨、连贯、合乎逻辑的。我从来都无法理解，想法—情节究竟如何独立于事件—情节（就像想不出精神究竟如何才能独立于身体）。假设想法—情节能够独立存在，而且这个神秘的东西在形式上比它粗糙的同伴事件—情节更加优越（我明确不相信这一点），我仍然认为组织事件—情节时随意马虎是严重的错误。在我看来，英语小说里存在这种问题的人包括马克·拉瑟福德、乔治·艾略特、勃朗特姐妹以及安东尼·特罗洛普（Anthony Trollope）①。

构思小说时另一条重要规则是情节应该要保持在同样的规则之下。所有的情节，甚至是最神圣的自然

---

① 安东尼·特罗洛普（1815—1882），英国作家。

主义者，都必须遵循生活的习俗。我们幻想自己已经达到一个阶段，比先辈们更加接近生活的真相。可能确实如此，但差距非常小，完全可以忽略不计！中午时飞行员可能比汽车驾驶员更靠近太阳，但相比地球离太阳的距离，飞行离地的高度完全可以忽略。没有小说家能够靠近生活一百万英里范围内，过去没有，未来也不会有。我们无法看清自己离生活还有多远。随着时间流逝，新规则也会逐渐暴露出缺陷。博物学家宣称能够看到生活的真相，人们最终意识到这种想法有多么荒谬。博物学家只不过是人们自我满足的一个称号罢了。

同理，揶揄依照早期传统架构出的“传统的”故事是荒谬的。在这方面，狄更斯格外受人指摘，我也因此指责过他。但以当时的标准，狄更斯的情节安排非常引人入胜，完全不显业余，展现出来的都是老练的技巧。狄更斯不会脱口而出一个又一个规则，而这正是我们正在做的。托马斯·哈代也按照传统设置小说情节。但哈代恰好是一个非常罕见的小说家，他发展出一种新的规范来适应博物学家们的脾性。哈代坚信神圣的力量反复无常，他一次又一次用自己精湛的技巧来表达此点，这理应让博物学家学会谦卑，但他们却没有学会。《林地居民》（*The Woodlanders*）的情节是有史以来小说家用微妙的象征手法展示某个想法最为精巧的例子，易卜生的象征手法也相形见绌。你可能会说《林地居民》的故事不会发生在现实里。没有任何小说能够在现实中发生。现实里有无数种可能，远超任何小说，而且理应如此。规则是核心，小说家的职责是遵循自己选定的规则，而非超越它。但大部分小说家都没能尽责。难道有什么理由，让我们非得比自己的父辈聪明吗？我认为不是。

5

把修辞这个诱人的小问题放下，我最后要聊的问题是如何将“生活”落到纸上给读者看，也就是如何呈现生活里每时每刻的神韵。小说家选择了主题，他让自己沉浸其中。他已经敲定主要特点。这就是最初的胚胎，等待着其成长为完整的有机结构。但小说家从哪里获得材料，形成至关重要的组织呢？他又如何获取呢？答案就是从自身进行挖掘。一流的小说必定是自传性质的，否则它还能是什么呢？小说家可能收集对他有用的现象，可能习得一种虚构事件的技巧，但他无法创造心理状态。也许，偶尔会有人向他吐露内心的秘密，这对他的创作来说非常宝贵，但这种意外收获如此稀少，可以忽略不计。他可以从别人的外在行为来猜测内心世界，他可以拿真人作为一个无法辨识但却有用的原型来塑造角色……这些都没有实质的帮助，所有特殊的研究都如此。当真正私密的创造工作开始之后，每一页都需要作者苦心思考，这时候作者只能够向自我寻求有效的帮助。他只有组合并润饰曾经感受、看到的东西，而绝非凭空虚构，才能够真正实现他的目的。

如果你研究任何一个一流小说家的生平，都会发现他的小说充满自传色彩。其实，任何优秀小说的自传色彩远比我们研究中看到的更加浓厚。自传里的事件、情绪和人物都能通过敏锐的观察追溯其根源，而洋溢在字里行间、让文字生机勃勃的私密的自传色彩，你却没有留意到。在处理每个事件中的每个角色时，小说家都要上千遍地思考自身与某个独特的角色相契合的特性。他所依靠的就是普遍的同理心。结果（或者是原因，我也不能确定），他自身的个性中蕴含着所有人普遍具备的东西。如果他是个天生的小说家，当他无法确定某个特定的角色在特定时刻的行为时，就会问自己：“现在，换成是我应该怎么办？”他会将答案融合进小说里！实际上这就是他的做法。优秀的小说就是包含着人性色彩的自传。

小说传记的本质解释了小说家（包括最伟大的小说家）江郎才尽的原因。他们总是一次又一次屈服于自己性格里最强烈的偏见。他们一再认为，自己通过观察塑造出全新的角色，但等到完成后就会发现，这仍然是个旧人物，自传的心理大获全胜！有些小说家可能凭借某种独特的类型获得声望，他们以不同的形式创造、再创造。最伟大的小说家也无法创造出超过十种独立的角色类型。瑟福伯（Cerfberr）和克里斯托夫（Christophe）为巴尔扎克笔下的人物编制了一本传记字典，这本字典足足六百页，有超过两千个不同的人物条目，但可能不到十二种角色类型。在重复自己的角色上，没有哪位有创意的作家比巴尔扎克更厚脸皮或更成功。他笔下的守财奴、邪恶但讨人喜欢的女主角和女公爵、年轻的纨绔子弟、品德高尚的年轻人、哭泣的处女、天使般的妻子和母亲、无名小卒以及忠诚但愚蠢的仆人，所有这些人顶着不同的名字在《人间喜剧》里不断出现。弗兰克·哈里斯（Frank Harris）① 认为，同样的现象也出现在莎士比亚身上。莎士比亚笔下有许多哈姆雷特，不过丹麦的哈姆雷特王子是最后也是最为伟大的一个。

最后，你可能会问：从现实生活和作家的自我里挖掘原材料，将生活转变成艺术，这是一个怎样的过程呢？没有这样的过程。也就是说，这不是有意识的过程。作家选择的规则是他对真相的幻想。作家只是有意识地省略、选择、组合材料。但是如果他意识到自己的幻想是错误的，这个过程就会变得刻意且糟

① 弗兰克·哈里斯（1856—1931），爱尔兰裔美国作家、记者、编辑。

糕。这种感情用事会导致他的作品最终死亡。每个作家都会被诱惑着自作多情，或者愤世嫉俗，这是一码事。一旦他被引诱，读者在某个瞬间会在心里想：“这没有忠实于生活。”读者对现实的幻想也会相应受损。读者因此分为两个阵营：作家的敌人和朋友。前者起初对作家抱有欣赏之情，但他们讨厌毫不妥协地寻求真相。他们想要让作家掉入这种诱惑里。如果作家最终沦陷，他们就会欢呼“太棒了！”。而后者能够品味追求真相带来的不快乐。他们在内心里想着“这没有忠实于生活”，为作家感到羞愧。这种人非常非常少，但他们是精力旺盛的一群人。正是这些人造就了不朽的经典。

创作戏剧

1

没有写过小说或者戏剧的批评家们都坚信，戏剧创作比小说更困难。我不这样认为。我写过或者与人合作过二十多本小说、二十多部戏剧，我认为写作戏剧比小说更加容易。我能用写作一部小说的时间完成两部戏剧，而且耗费的精力和脑力更少。（我强调的是“写”，因为如果比较构思剧本到戏剧上演、产生灵感到小说出版这两个过程，明显戏剧更加劳心。完成一部戏剧的时间，足够我写出七十七篇小说。但我现在仅仅对比两者的写作。）在我看来，唯一有资格评价小说与戏剧写作相对难度的人是那些在这两个领域里成功或者失败的作家。我相信这小部分人对这个问题不会有明显的不同意见。为了论证我的观点，我要顺便提一句，虽然著名的小说家经常大胆地闯入戏剧领域，但著名的剧作家却对小说创作十分谨慎。出于自我保护的本能，一个知名的剧作家常常除了剧本创作外不关心其他事情，他不会离开戏剧去别的领域冒险。全世界许多著名戏剧家的经历已经证实，如果他们非常不谨慎地出版了自己的小说，结果会让人非常震惊，也让人彻底觉醒。

2

许多人满怀敬意地讨论舞台技巧，其实不过是满嘴胡话，他们认为舞台技巧的难度超越其他任何文学技巧，只有掌握这种技巧才能够写出一出优秀的戏剧。还有人说只有在幕后才能学会这种技巧。有一次，一位著名的演员经理曾亲切地和我分享他的经验，他说一位想要学点东西的戏剧家必须生活在幕后，并且研究迪翁·鲍西考尔特（Dion Boucicault）①的作品！事实是，没有什么技巧像舞台技巧一样粗糙和简单，学习舞台技巧的合适地点也并非幕后，而是在前台。演员经理是这个世界上除了排字工人之外最保守的人，他会真诚地说服天真的戏剧家，只有按照既有的方式才能获得真正的影响力，而且不能违背某些规则，否则就会冒犯公众。事实上，经理们看到戏剧的低迷之后，自然会说这种话，因为在任何艺术里，当创作激情式微时，规则和阻碍总是会兴起。保守派们在过去和未来都会认为，任何与他们自己的技巧不相符的都不是技巧，而只是笨拙的表现。通常的戏剧有七种类型的场景，在一个剧本里，每一幕如果没有拥有其中至少一种场景，这个剧本就会被批评为“非戏剧”，或者“单薄”，或者“都是话语”。它可能包含其他五十多种场景，但对保守派来说，不在那七种场景里面的，都不是真正的戏剧场景。同理，通常

① 迪翁·鲍西考尔特（1820—1890），爱尔兰裔美国剧作家、演员，以通俗剧而闻名。

的戏剧中有十几种角色类型，所有原创的人物塑造方法都会被认定为缺少人物塑造，因为它不在已有类型之中。因此，任何真正原创的剧本都会被指责技巧拙劣。人们会告诉作者，他写的东西确实非常巧妙，但这不是一个剧本。我记得不久之前，威廉·阿彻(William Archer)① 这样经验丰富且真诚的批评家还宣称如果“智性的”戏剧不能在大众中获得成功，则是因为它的技巧没有达到商业戏剧的水准！可能阿彻尔之后已经改变这种想法。只有上帝才知道，所谓的“智性的”戏剧相当业余，几乎所有的文学艺术都是业余的，而且毫无疑问，没有任何“智性的”戏剧能在缺乏技巧方面与当代最成功的商业戏剧竞争。我非常想知道，如果莎士比亚生活在今天，保守派和威廉·阿彻尔将会如何看待《哈姆雷特》中的技巧。他们可能会向莎士比亚推荐萨尔杜（Sardou)②、亨利·伯恩斯坦（Henri Bernstein)③ 以及赫伯特·特里爵

① 威廉·阿彻（1856—1924)，英国近代戏剧理论家。

② 维克托里安·萨尔杜（1831—1908)，法国剧作家。

③ 亨利·伯恩斯坦（1876—1953)，法国剧作家。

士（Sir Herbert Tree）① 的技巧，认为那才是明智的写作方式。他们肯定会说《哈姆雷特》不是一个剧本。作为这些人的门徒，报纸也会指出，莎士比亚先生肯定自己也能意识到，将第二幕、第三幕、第四幕戏删掉对整个剧本没有任何影响。

就保守派对技巧这个词的理解而言，除了演员来回走动以及人类感觉的局限之外，再没有其他特别的舞台技巧。剧作家别指望观众能够同时看到或听到两件事，或者不会感到疲惫。除非剧作家能够提供令人满意的理由，否则他也别指望演员会以让他满意的方式在舞台上走动。最后，他不能指望演员能够实现某些不可能做到的事情。剧作家让一个漂亮的女士穿着普通的服饰下场，然后让她在三十秒里换上参加宫廷舞会的盛装再次出场，这在舞台上难以实现。但他证明的不是舞台技巧极其困难，而是其他东西。

① 赫伯特·比尔博姆·特里（1852—1917），英国演员、剧院经理。

3

写剧本比写小说容易，其中一个原因就是剧本比小说短。平均来说，创作一本小说的时间能写六个剧本。其他事情也一样，短篇作品遇到的困难与长篇作品相比更少。大部分人的意见却正好相反，但是他们没有资格发表看法，因为他们从未尝试创作长篇作品。有人说最难写的诗歌是十四行诗，其实史诗才是最难的。而人们之所以认为十四行诗最难，是因为完美的十四行诗非常稀少。但是，完美的史诗比完美的十四行诗还要少。一首完美的十四行诗可能是一个美好的意外，而这种意外从不会发生在史诗作家身上。几年之前，我们曾大谈“短篇故事的艺术”，许多从来没写过长篇小说的人宣称，写短篇小说比长篇小说更难。事实上，我们有许多完美的短篇故事，但除了屠格涅夫之外，有谁写出过完美的长篇小说呢？短篇比长篇更容易掌控，因为它的结构不那么复杂，因为它各部分的比例在快速浏览全篇后更容易调整，因为它可以为难以处理的内容留白（这甚至是必要的），因为它不必长久地保持情感张力。所有艺术里，最困难的事情就是在相当长一段时间内，一直保持富于想象力的神经不放松。

剧本不仅内容密度比小说低，而且内容的类型也远比小说少，更没有那么多微妙的情节，这使剧本变得更加简单。在创作时，有许多剧作家完全不需要考虑所谓微妙、困难的问题。如果剧作家想要在精妙上更进一小步，他只是浪费时间而已。某些剧作家会闷闷不乐地发现，舞台上微妙的东西在小说里却能表现得非常明显。因此戏剧家会避开这个危险的领域，人们不仅不会嘲讽他胆小，反而会赞美他作为艺术家的谨慎。这是一种多么幸运的困境！除了采用基本的、暗示的方式，他不需要也不能让自己与氛围搭上边。他可能隐隐约约地暗示过，但如果他开始“营造”氛围，那么直到他回家的最后一趟火车开走了，他也写不到剧本的关键时刻。虽然剧作家极少意识到，但回家的最后一趟火车是他最好的朋友。此外，他还省掉了所有描写的工作。小说家要描述风景、房间、姿势，他为此备受折磨，剧作家完全没有这种烦恼。剧作家可能要想象风景、房间、姿势，但不必写出来——正是“写”这件事把人折磨得要死。如果剧作家和小说家都着手描述一位聪慧的女人，他们势均力敌，因为他们都要让这个女人说话和行动。但是如果他们都要描述一个有魅力的女人，那么戏剧家可以悠闲地躺在安乐椅上抽烟，而小说家则会被折磨得脾气、食欲和视力都变差，家里也由于他的喜怒无常和难以接近而笼罩着可怕的氛围。小说家书房的灯会亮到凌晨三点，他绞尽脑汁地描述女主角进入房间的动作，想要通过文字展示出女主角对男性的非凡魅力。但他一直没有成功，以后也不会。剧作家只要简洁地写“米莉森特走了进来”就好了，其他人会赶忙为戏剧家补全后面的东西。如果读者在家里阅读这个剧本，他会急切地调动自己的想象力，用自己内心的渴望塑造出一个迷人的米莉森特。（如果米莉森特是小说的女主角，读者就会冷漠地拒绝再为她添加一丝光彩。）剧本在舞台上演时，一位经验丰富、勤勉认真、可能还有些漂亮的女演员会竭尽全力展现出剧作家笔下拥有非凡魅力的米莉森特是何种模样。如果她失败

了，不会有人指责剧作家，人们反而会对他表示同情。

但有另一个非常棘手的问题，这个问题只有被宠坏的剧作家才会遇到，那就是说服公众相信不可能的事情会发生。每一件艺术作品必定充满不可能性和戏剧性，劝说公众的花招里很大一部分就是戏剧性。只是，剧作家不像小说家那样需要彻底说服他的受众。如果小说家宣布，米莉森特跟错误的人牵手了，不管他给出多少支持和解释的细节，愤怒的读者都不会相信，他们会谴责这是让人难以信服的。如果戏剧家决定米莉森特必须跟错误的人结合，那么她活生生站在舞台上，真的在做这一切！即使是最挑剔的观众，他亲眼看到这一幕时，都会相信米莉森特做了这种傻事。剧作家和以往一样，做的事情更少，最终获得的回报却更多。

当然那些没有写过小说的人会说（并且始终这么认为），正是这种做的更少——这种遗漏，构成了戏剧艺术独特的、令人恐惧的难点。遗漏的技巧，就是剧作家大师级别的能力！但是，首先，我不相信在剧本和小说的相对范畴中，省略的效用有优劣之别。比如，“逼真的”这个形容词在小说和剧本里同样荒谬。其次，其他因素也一样，不做事比做事耗费的心血更少，需要的技能也更少。知道什么时候不做可能有难度，但无疑做更加困难。有时候，听着戏剧的坚定支持者高谈阔论，我忍不住想，如果省略的艺术如此艰深，那么一个习惯什么都不写的剧作家应该被誉为最伟大的大师。

4

越是仔细检验这个主题，越能清晰、明确地认识到一个事实：小说和剧本之间只有一个最本质的艺术性的差异，但它并非我们通常区分剧本和小说所用的不同之处。明显的差别只是表面的东西，而且主要是为了运用方便。

不管是戏剧还是小说，作者都要讲述故事，广泛意义上的文字编织的故事。小说要拆分成章节，出于同样的理由，剧本要划分成幕。但章节或者幕并非必不可少。巴尔扎克一些重要的小说都没有划分章节，而且事实已经证明，剧院里的观众可以连续两个小时听舞台上的演员“说话”，甚至跟着他们一起哼唱。我相信，在艺术家强烈和蛮横的影响下，观众可以培养出长时间观剧的能力。然而，章节和幕都是常规的东西，它们在作家脑海里有了同样的构造过程。一部戏剧或小说，都必须讲述一个完整的故事，也就是说要引发好奇心，并以合理的方式满足好奇心，或者提出一个主要问题，再解决问题。每一幕或者每个章节，都必须清晰讲述一部分故事，满足读者一部分的好奇心，解决一部分问题。每一个场景或者一节，也必须按照其篇幅实现相应目的。能够用到小说里的基本原则，同样能运用到剧本写作里。

我要格外强调，剧本和小说一样，不必刻意追求戏剧性。只要能够勾起听众的兴趣，不管使用什么方式讲述，这个故事都可以说是具有戏剧性的。在这种意义上，《金钵记》（*The Golden Bowl*）① 充满戏剧张力，《多米尼克》（*Dominique*）② 和《劝导》（*Persuasion*）③ 亦是。剧本的戏剧性也不必比它们更强。特别强调，一个剧本不必拥有舞台意义的戏剧性。它从来都不需要将兴趣诱导至兴奋的程度，它也不需要那些在剧院里被当成是场景的东西。剧本可以散漫，它仍然是一个剧本，它可能取悦那些挑剔的少部分人，或者不挑剔的大部分人——由作者的天赋决定。无疑，在未来的百年里，保守派会继续将一些剧本开除

① 美国小说家亨利·詹姆斯的最后一本长篇小说。

② 法国画家、作家欧仁·弗罗芒坦的代表作。

③ 简·奥斯汀的最后一部小说。

出去。但没人会变得更糟糕。剧作家会继续证明，不管剧本与小说的其他区别是什么，至少戏剧品质不是。一些主要的保守派可能会连珠炮一般对我发射问题，想要将我一举击倒。他们会问："先生，你真的认为戏剧不需要戏剧性吗？"如果他们所说的戏剧性就是保守的意思，我确实这么认为。我认为当代一些最为优秀的剧本与心理小说只有叙述形式的差别。亨利·贝克（Henri Becque）[①] 的《巴黎妇人》（*La Parisienne*）就是一个很好的例子。如果让我给"戏剧性"这个词下个定义，我会说男女演员在舞台上通过对话来展开一个故事，这就是有戏剧性的，任何更狭隘的定义，都会把一些真正优秀的作品排除在外，甚至是保守派的作品。因为我们要注意，保守派并非始终如一。

我的定义揭示了戏剧与小说的唯一技巧区别，即戏剧里故事是以对话的方式讲述。这个区别没有表面看上去那么重要，也并非这两种叙事方式之间必然的区别。因为一部小说也可以只有对话，而戏剧也可能

① 亨利·弗朗索瓦·贝克（1837—1899），法国剧作家。

包含对话之外的东西。古典合唱就并非对话。今天我们都觉得合唱的方式有些笨拙，事实也确实是这样。剧作家已经变得非常机智，擅长让角色自己跟观众交谈、剖白自我以及讲述过去的故事，并假装对这种意图一无所知。我承认，剧作家必须面对独属于他的难题，小说家则能够避免这个问题。这是唯一独属于戏剧的困难，但它没有那么严重，即使是三流的戏剧家也能够轻松解决。保守派经常宣称剧作家受到简洁地使用材料的约束。事实并非如此。所有艺术形式都要求简洁地运用素材。如果这是必要条件，其实所有艺术家都会偶尔忽略它，有时还能产生绚烂夺目的结果，而且成功的戏剧家由此产生的罪恶感不比小说家或者其他艺术家少。

5

目前，我已经证明所谓的小说与剧本的某些区别都是错觉，而特定的技巧上的区别，即使真的存在，也是流于表面和可有可无的。接下来我要探讨两者之间的本质区别了，普通人尚未意识到，也很少有人坚持或给予足够重视，但任何善于创作剧本和小说的人，都已经深切认识到这种区别的重要性。戏剧写作带来的情绪上的紧张感持续时间比小说写作短，而且这种情绪的激烈程度更低，对剧作家的影响也更小。这就是写剧本比写小说容易的首要原因。戏剧不只属于文学，因为其效果并非只取决于文字的组合。剧作家是剧本的唯一作者，但他并非是戏剧的唯一创造者。没有他什么都做不了，但是从另一方面来说，他一个人无法完成任何事情。他开始了创作，但最终以演员在舞台上演出或者读者在书房里阅读为终点。这就好像他背负重物到达楼梯的拐角后，由其他人继续接力前行。我们可以用金字塔结构来思考这件事，剧作家是金字塔底座，而不是金字塔的塔尖。一出戏剧是由一群富有创造力的人合作而成。剧作家的自负可能让他拒绝承认这令人不舒服的事实，但事实就是这样。此外，富有创造力的人不仅指剧作家、舞台导演（制作人）和演员，观众在不知不觉间也参与其中。

因此，如果剧作家想要在戏剧上演前完成所有的创造工作，那么他就是一个想包揽其他人职能的没有艺术修养的篡夺者，最终他必定无法成功。剧作家必须小心谨慎地完成分内的工作，将剩下的部分留给众多不熟悉的人——尽管他不能准确预见也不能完全控制这些人的工作。正如我们所见，剧本创作过程中，剧作家必须忽视许多问题，但这不是重点；重点是，即使在剧作家的职责内，他也不能将创造工作做到极致。他必须一直牢记那些跟在他身后的人。比如，虽然剧作家必须想象出他所写的场景，但他不能像小说家一样构思出这个场景的方方面面。小说家可能要生动鲜活地描摹出角色的脸庞，但如果戏剧家非要设想出角色的脸庞，那他要么看到了某位演员的脸，无法将这个场景与演员融合到一起，要么想象出一张虚幻的脸，而最终的演出必定会打破他的设想。这种问题会被极大地放大，但只会发生在执拗要想出角色脸庞的剧作家的身上。

6

剧本完成之后，合作才刚刚开始。剧作家结束了严肃的工作，但最劳累的部分在等待着他。我不是指为了排演戏剧与剧院经理交涉这样的事情。因为虽然这件事普遍具有悲剧的色彩，但剧院经理的夸张让它也有了一丝滑稽剧的喜剧腔调。然而，即使剧院经理宣称他对票房以外、其他与舞台相关的一切别无兴趣，他本身在某种程度上也是一个合作者，他最先向戏剧家证明一个剧本直到上演才变得完整。剧院经理会阅读剧本，让剧作家吃惊的是，他读出来的剧本与剧作家自己以为的不一样。尤其是，经理带着这部剧本可能失败的态度阅读——的确会有成千上万个有力的理由来说明一部剧不会成功。经理几乎总是在手稿里看见失败，而很少预见到成功。经理最强烈的直觉就是拒绝剧本——他们自我保护的本能又出现了；如果他接受了一出剧，那是他违背本意和判断力，出于一种疯狂的冒险精神做出的尝试。一些大获成功的作品就是在这种既定的绝望氛围下排演的。剧作家自然会对经理提出的艺术或非艺术观点大为鄙夷，这情有可原。经理的天职不是创作剧本，也不是参与演出，更不是指挥剧本彩排，甚至他对票房异想天开的想法经常也是可悲而虚幻的。经理真正的、唯一的天职是限制排演剧本。虽然如此，经理早已经参与合作了。此时剧作家眼里的剧本已然不同。所有新的思考都呈现在他的眼前。虽然一字未改，但显然已是另一部作品了。其中保留下的创意，被更加准确地设想出来。这种奇异的经历不可能发生在小说上，因为当一部小说写完就彻底结束了。

彩排导演（或制作人）的人选确定后，这个宝贵、神秘的人物将会与剧作家进行第一次严肃的对话，随后剧本马上呈现出乎作者想象的新形态。即使剧作家鲁莽地亲自监督排演，这种令人不安的现象同样会发生，因为制作人和作者是两种截然不同的身份。制作人必须要将戏剧真实地呈现出来。首先，他要让戏剧初具轮廓，再逐渐变得具体……他要负责挑选演员。他可能会问："你觉得让某人演老人怎么样？"剧作家听到后大吃一惊，心想，这么有名的一个导演，怎么会对剧本有这种误读呢？让某人来演老人的角色简直荒唐可笑。但导演口若悬河。突然，剧作家也看出来某人能演老人。这时，他看到的剧本已经不是他当初创作的那个了。他很可能看到了一部更精彩的剧本，他也很可能相信自己是一个非常伟大的剧作家……第一次排演之前，这个剧本虽然没有改动一个字，但经历了令人震惊的创意转变；剧作家可能将剧本视为自己心爱的孩子，但它现在更像是剧作家的堂兄妹。

第一次彩排及以后多次彩排时，剧作家被迫陷入一种愧疚和难为情的情绪里，其羞愧程度或高或低。他的状态介乎犯下恐怖罪行的罪犯和面对着刚出生的孩子的父亲之间。现在他深切地认识到，创作剧本需要集思广益。极端情况下，他可能会认为自己在这项合作中没有那么重要。剧组的人首先想到的是自己的职业，而不是手里的剧本，他们如果不是由衷地相信自己的职业是剧院和戏剧存在的主要原因，就不可能演得好。此外，他们觉得剧作家的剧本不足以让自己的事业更上一层楼。他们心里认定，如果剧本能够给他们尽情发挥自己才华的空间，这个剧本才对他们的职业发展有助益。每个演员对待自己的部分的态度是：我这个人物不够丰满，但是如果能够让我自由发挥，我可能会让角色大放光彩。这是一种恰当的态度，在我看来，现实也证明这是合理的。演员认为自己在创造角色，他是对的。戏剧创作由剧作家开始，导演接力，最终由演员收尾。如果演员没有合理的自由发挥空间——剧作家或者导演过多干涉——那么最后的结果不会让人满意。

排演进行的时候，剧本每天都在变化。不管导演多么专制，也不管作者多么顽固，剧本都像是微风中的云团，每次排演都会发生改变。人不可能演出同一个剧本。这一点也不奇怪，毕竟每天都有十几个、二十几个拥有创新天赋的人满怀创意地进行彩排。每个对自己坦诚的剧作家（我并非暗示他应该对戏剧界坦诚）都深知，虽然合作者经常把他的剧本搞砸，但他们也常常提升他的剧本——不改一字，而是以一种神秘、迷人的方式使之更完善。导演和演员不只是提出种种可能的情况，而是会实现它们。剧作家因此展现戏剧的艺术魅力，并获得本不属于他的赞誉。但反过来看，他也可能看到没有艺术美感的戏剧，他对此没有任何责任，但也无法阻止。一次排演就像一场战斗，某些事理论上处于掌控之中，但事实上它们脱离控制、自行其是。因此，创作始终在进行，直到最后一次定妆彩排才停下。剧作家躺在床上时可能以听天由命的平静姿态想着：好吧，这就是他们拿我的剧本弄出来的戏剧！他可能感到高兴或者是反感。但如果他参加了首演，几分钟之后他一定会发现自己彻底错了，演员们正在演出的戏剧又变成了另一部作品，因为观众也开始参与其中了。

作家与公众

1

我遇到的所有虚构类作家可以分成两类：第一类作家承认并且有时候高调表示渴望出名；另一类作家摆出崇高姿态，对公众的追捧嗤之以鼻。但后者无法掩饰对流行作家的嫉妒之情。事实上，艺术家的目的就是跟他人分享自己的感情（正如前面章节所述），如果一个艺术家为了隐藏自己的感情而拒绝出名，这就显得很奇怪。关于出名以及艺术家对此的态度，人云亦云的批评家们已经写过许多不诚实且没什么意义的文章，这样的文章以后还会有，它们明显对有创意的作家更有利。但是一流艺术家对此的态度可能更有指导价值。

《梅瑞狄斯书信集》（*The Letters of George Meredith*）曾多次或明或暗地提及出名这件事。梅瑞狄斯永远无法忘记出名这件事，这也符合人性。他受制于英国公众，因此偶尔会显得不够公正。1881 年 11 月梅瑞狄斯给安德烈·拉法洛维奇（M. André Raffalovich）①写信（他曾给梅瑞狄斯写过一封赞扬信），信中说："我根据您的名字斗胆判断，您最多只有一半英国血统，因此我可以相信您对我这样一个不出名作家的作品表达的欣赏之意。否则我会感到怀疑，因为英国人喜欢恶作剧，他们挑起在角落里挣扎的作家的虚荣心，以此取乐。"那时梅瑞狄斯有一小撮忠诚的追随者，这种说法对他们不公平。整封信表达了温暖、真挚的感激之情，但基调却是阴郁的。梅瑞狄斯甚至说："优秀的作品最终有很大机会获得公众的认同，即使没有，又有什么重要的呢?"但一直有证据表明，这对梅瑞狄斯非常重要。他状态良好、充满希望的时

① 马克·安德烈·拉法洛维奇（1864—1934），法国诗人、作家。

候曾给威廉·哈德曼（William Hardman）写过一封信，他说："别在意，说不定公众真的会注意到我们，天啊，老男孩！"在写给马克西（Maxse）上尉的一封信里，他曾提到康希尔出版社给乔治·艾略特一本晦涩难懂的小说支付了八千英镑稿费，他喊道："上帝啊！这种事会发生在我身上吗？"

在写给儿子的信里，他清楚表明自己在意不受欢迎这件事，他说："由于我不受欢迎，稿费很低，因此不得不加倍工作，几乎没有停笔的时候。这让我的胃病更加严重，而这种恶性循环也愈演愈烈。"大约在同一时期，他给阿瑟·梅瑞狄斯（Arthur Meredith）也写了一封信，他如此总结自己的职业生涯："至于我，已经失败了，我不知道该如何让自己受欢迎。"这封信写于1881年6月23日，梅瑞狄斯当时五十三岁。他已经写出《现代爱情》（*Modern Love*）、《沙格帕特剃须》（*The Shaving of Shagpat*）、《理查德·弗维莱尔的苦难》（*The Ordeal of Richard Feverel*）、《罗达·弗莱明》（*Rhoda Fleming*）、《利己主义者》（*The Egoist*）以及其他杰作。他知道自己创作出了所能写出的最好作品，他也知道这些作品都非常出众。很难相信梅瑞狄斯竟然觉得自己不算英语文学大师之一，也不会成为那些可以被称为不朽的人物。他满怀热情地欣赏同时代的一些杰出人物，但自己“已经失败了，不知道该如何让自己受欢迎”。他的勤奋可圈可点，他的作品质量上乘，他自尊、自重还赢得了朋友的尊重。他唯一失败的地方，是没有立刻成名。

2

假设作家无须以贫困为乐，也不追求后世那些听不到的赞美，他们对现世声名的渴望能被看作是合理的，那么另一个问题就出现了。他应该仅限于对出名怀有渴望心态，还是应该实际做些什么或者克制自己不做什么来获得声望？他应该说“我应该按照自己的方式写想写的东西，不在乎公众的想法；除了自己的个性和能力，我什么也不考虑；我根据自己对公众喜好的判断来写作”吗？还是他应该“先好好研究一下公众的看法，看看能不能在自我与公众之间寻找到折中之道”?

有些作家从来都没有面对过这种抉择。在偶然的情况下，一个非常走运且才华横溢的天才立即征服了公众，他的名望迅速提升，自然不存在妥协的问题。但这种情况极其稀少。许多普通的作家竭尽全力真诚地创作，收获众多普通人的赞誉，对他们来说，没有什么能比他们笔下的奇思妙想更让人困扰。这些作家非常享受幸福这种华而不实的东西。也许，几乎所有真正的原创作家都与公众格格不入，这也是他们独特的创造力带来的必然结果。对他们来说，妥协或不妥协的冲突极其尖锐。

乔治·梅瑞狄斯就是这样一位作家。梅瑞狄斯有很多身份，但他首先是一位诗人。他本来可以成为比小说家更优秀的诗人，我相信他本人也这样认为。但公众不在乎他的诗歌。如果他属于不妥协的一派，他的追随者会毫无顾忌地赞美他，他会说：“我会继续写诗，即使为了诗歌去当股票经纪人糊口也不在乎。”但当他年仅三十三岁时——对作家来说这只是入门的年纪，他已经厌倦了不妥协。他写信给奥古斯都·杰索普（Augustus Jessopp）①：“可能接下来一两年里，我会花时间写一首经久不衰的长诗……最糟糕的是采用散文的方式描述角色和生活，这样感情就被割裂了……事实上，作为公众的仆人，我必须等到主人的命令才开始认真唱歌。”这是一个极好的例子，一个一流作家公开承认，与其遵循内心写一些不会被立即认可的作品，还不如写一些不太符合他的品位却能够被公众欣赏的东西。许多具有创造力的一流艺术家抱着同样的想法，莎士比亚也不例外（他是文学经纪人非常宝贵的客户）……很多作家之所以不能创作内心渴望的作品，就是因为这些作品不会被公众欣赏。

作家还会因为公众喜欢而不得不违背心意写作——不然就是为了混饭吃而写。1861 年，梅瑞狄斯写信给罗斯夫人：“为了能够（偶尔写一些长诗），我额外写了许多粗制滥造的东西。”唉，这真是可悲的妥协！十七年后，梅瑞狄斯写信给 R. L. 斯蒂文森（R. L.

① 奥古斯都·杰索普（1823—1914），英国牧师、作家。

Stevenson)①：“不必说，朱比特②扼着赚快钱的作者们的脖子，将他们抬至和自己一样的高度，又让他们被自己受诅咒的体重所折磨。”可能有人会说，梅瑞狄斯是被迫的。但事实上，他不比其他作家承受更多的压力。他与其忍受这样的耻辱，还不如靠其他更加艰难的方式赚钱。或者他可能深深沉迷于财阀贵族专为作家准备的饥饿之中，他们偶尔屈尊用英语写写散文。梅瑞狄斯压抑自己的灵感，炮制粗制滥造的东西，因为他是一个一流的作家，而且是一个有着深厚常识的人。作为一个非常有创造力的作家，他必须以某种方式前进，他知道地球就是地球，世界就是世界，人就是人，他只是尽自己所能不断前进。他绝大部分同辈也是如此去做的。

事实就是，如果一个作家想让公众按照自己的意愿欣赏他，他要么就是上帝，要么就是一个自负的、

---

① 罗伯特·路易斯·巴尔福·斯蒂文森（1850—1894），英国小说家、诗人、旅游作家。

② 古罗马神话中的众神之王。

不切实际的傻瓜。看起来他应该更像是后者，而非前者。他想要的太多了。任何事情都有正反两面，艺术也不例外。最多产、最有影响力的作家是那些已经充分意识到这一点的人，因为他们的分寸感（即秩序感）更加恰到好处。缺少分寸感是纨绔子弟的标志。精明练达的作家在尊重自我的同时也会尊重大众的偏好，兼顾这两者是可能的。其实，精明的作家会格外尊重基本的民族偏见。比如，没有哪个一流的英国小说家或者戏剧家会放任自己描写性现象，但法国作家视之为理所应当。在这一点上，英国公众毫无疑问错了，他们显得虚伪、毫无逻辑且荒谬。但你呢？你不能违抗这一点，确实不能。如果你试图这样做，你的作品连印刷机会都没有，更别提被摆进书店了。你只能靠自己的聪明才智和狡黠规避这个问题，你也只能稍微越过安全线，你在教育公众上只能做些微小的事情。

瓦莱里·拉博（Valery Lardaud）① 新出版的小说

---

① 瓦莱里·拉博（1881—1957），法国作家、诗人。

《巴纳布斯》（*A. O. Barnabooth*）里对女人有一句非常有智慧的评价："女人就像是战争一样，是一种伟大的现象。"这句话也可以用到公众身上，公众就像是战争一样，是一种伟大的现象。如果你是一个充满创意的作家，你就无法忽视它，尽管它能忽视你。事情就是这样！你能借助它做一些事，但做不了太多。如果确实有一种对艺术功能至关重要的关系，那么你无法利用它做的事情，它却可以利用你实现。作家可以靠聪慧来靠近和完善这种关系——大部分一流艺术家已经展现出了灵活适应的聪慧。你可以用流行的方式装饰自己。你挠着单纯的野兽的耳朵来分散它的注意力，然后把刀子捅进它的胸脯。你用某种享乐的作品引诱读者花钱，并在书里强迫他接受一些原本会拒绝的东西。你使用上千种手段对付这个极好的傻瓜……在这个过程里，你慢慢堕落成一个只追求大众欢迎的人！当然有这种可能，就像一杯啤酒也可能让你变成一个酒鬼一样。如果你确实有一些值得说的东西，你就该不屈服于这种危险，你通常会想方设法让这些东西能够被表达、被阅读。有天赋的作家容易变成一个狡猾的人。他知道为了保留内核该如何牺牲细枝末节，他甚至会以令人难以理解的方式成为一个赚快钱的写手。影响了欧洲所有小说的《克拉丽莎·哈洛维》（*Clarissa Harlowe*）就是混饭吃的直接产物。在与生活碰撞中，如果作家没有足够的智慧与意志力坚持自己的信念，那么他的耐力甚至比不上一个诚实的普通商人，他应该退回去干政府高官的工作。

3

当作家完成创作时，当他在安全范围内尽可能将永恒的自我融入时代并从整体考虑自己创意生涯的最佳福利时，总之，他为了确保公众完整地欣赏自己的核心思想做了所有能做的事情——还有一些事情待完成，这些事在维持公众的联系上非常重要。他必须明白，作品要尽量以有利的方式呈现在公众面前。换言之，他要尽可能有利地卖掉自己的作品。也就是说，放下笔后，他就变成了一个商人，因为他要把自己的作品卖掉。他的“销售”技巧越高明，作品的结局越好——公众更可能欣赏他的作品，他作为个体和作家的前途也更光明。

这种看待作品的商人逻辑激怒了许多文学爱好者，他们认为“版税”这个词就非常可憎。他们模仿着想象里拜伦对待文学的态度对商业不屑一顾，事实上，没有哪个诗人像拜伦一样在短暂的一生里靠诗歌挣了那么多钱。他们可能想要回到作家靠大人物的垂青才能生存的黄金岁月，甚至是十九世纪中期，那时除了少数最成功的作家，绝大部分作家（包括为数不少的成功作家）都无法从作品里获得合理的收益。文学爱好者的自命不凡和感情用事让他们否认，当一个作家真正被欣赏时，他要么能够从中挣钱，要么成为无赖手下愚蠢的受害者。这些人喜欢说，出版协议和版税跟文学无关。但它们与文学关系密切。作家要想和公众充分交流，很大程度上依赖出版社或经理人的效率和公正。而出版社和经理人的效率和公正取决于作家能不能得到尊严、闲适、金钱、自由以及骄傲，这些因素帮助他创作出更好的作品。没有哪个作家的职业生涯建立在枷锁、奴役、强迫性的单调、过度工作、经济困境的基础之上。这一点在梅瑞狄斯的信件里随处可见。

有些事本来可以做好却没有做好，这让人很不满意。如果一个作家写了首优美的诗，把它给自己最好的朋友品评，然后烧了它。我会尊敬这个人。但如果他写了一首优美的诗，由于马虎和自负，没有精心打磨就出版了这首诗，并且在合同里没有保证自己的利益，最后找借口说自己是作者而不是商人，那么我不会尊敬他。在这个复杂的世界里，一个人不可能只扮演一种角色，他也没有权利这样做。一些（实际上非常多）最有创意的作家也是优秀的商人，而且他们不为自己的双重角色感到羞愧。阅读某些优秀的作家的书信和传记，读者可能会认为，这些作家做商人的兴趣比当作家更浓厚，但他们的作品绝没有因此打折扣。作家在这两个角色之间分配精力时需要常识的帮助，拥有足够常识的作家（即对现实有充分认识）不会鄙视商人角色，也不会夸大商人的角色。他可能很确信，作为商人的成功绝不会损害他在作家这个角色里获得的自我满足感。最近美国有许多公众开始欣赏梅瑞狄斯，这让他感到高兴，也给他的写作带来了积极的影响。人们心照不宣（通常不会明说），太出名会搅扰作家的良知。我不相信这种说法。如果作家的良知在实际创作过程中没有被干扰，随后的其他现象不会也不应该扰乱他的良知。只要作家相信他在艺术上是诚实的，就没有公众能够扰乱他内心的宁静。但在商业上遭遇失败将明显损害他作为作家的自我满足感，还会挫败他未来追求这个角色的勇气。

不应否认，许多艺术家都没有经商的天赋。这不仅指他们交易时的约束感不强，还指他们做生意的时候表现出的不成熟、因为不耐烦而拒绝交易、缺乏交际手腕、被虚荣心所害、相信本不该相信的东西、怀疑明显真实的事情、担忧微不足道的琐事，总之笨拙地将事情弄得一团糟。作家可能说：“只有大脑自由我才能工作，如果一直被生意上的琐事折磨，我的大脑就无法自由。”

在这个世界上，没有任何一个把自己当成商人的作家可以期望解放大脑，如果他通过忽视债主实现了大脑自由，最后这种自由也会被债主剥夺。除此之外，作家要求精神自由是合理的。看着一个人努力追求违背本性的东西，最终也做得不好，这是一件悲伤的事情。这样的作家很多，所以他们雇用一个专家处理生意上的事情，代表他们与中间人打交道。这不是说，我认为出版商和剧院经理本性里不如其他商人正直。但几百年来，出版商和剧院经理确实受到一种独特的、强大的诱惑。普通商人做生意是与其他商人打交道，他们在商业技能方面势均力敌，而出版商和剧院经理相当于和一群孩子打交道，即使是天使也忍不住占他们便宜。

文学大众化真正开始后，出版商和剧院经理难以避免人性弱点，屈服于上天以无限智慧施加给他们的诱惑，这一点愈加明显——因此，作家协会应运而生。文学代理人是这种普遍觉醒的自然结果。作家协会克服许多困难，在创意作家的经济教育上创造了一个奇迹，也因此提升了文学的质量。文学代理人则攻克更多难关，亲自实践这次变革的细节。这种反抗——部分感情用事的，部分自命不凡的，主要是利益相关的——首先与破坏已有私人关系（如作家和出版商之间的关系）的好管闲事者产生冲突。（这种迷人的私人关系，我们谈论得越来越少。各种档案里都有。）现在，主要的战斗已经结束了，相关人员都清楚地意识到谁守住了阵地。虽然还有许多事待做，但也有许多事已经做了。如今，一个意识到自身没有能力高效地处理商务的作家，他无法从中获得有效的建议和帮助，他作为作家和个人都被自我局限，他是一股反动的力量。他在自我、工作和职业上都缺少基本的常识实践。

4

拒绝承认艺术与金钱关系的业余精神有否定整个人世的倾向，认为这个世界不适合艺术家生存。这种态度错得更离谱，尤其对小说作家而言。作家在成为作家之前首先是一个人，否则他不可能被人欣赏。将艺术置于第一位，把余下的一切视若无物，必定造成矫饰文字而内容空洞的结果。一个对与非艺术世界的接触太敏感的作家，也会对自己的职业过于敏感，他将逐渐陷入对艺术家工作的迷恋之中，而逐渐丧失对自我的感知。

福楼拜是拒绝这个世界的悲剧作家的经典例子。福楼拜很早时就相信，他跟这个世界没有什么关系。他想要离群索居，过宁静的生活。在平和宁静的生活环境影响下，他病态的性格越发严重。福楼拜曾是一个非常古怪的小学生，后来长成为哀叹逝去青春激情的二十二岁的老男人，他将这种病态发挥到极致。只有旅行时（比如在埃及的时候），这种病态才会暂时从文字里消失。他的情书通常不光彩且笨拙，他就像是一个隐士一样，虽然优雅和有教养，但也有狭隘排外的缺点，因此将情书的氛围破坏殆尽。他的情人是一个非常难以相处的女人，事实上就是一个以自我为中心的暴君，但作为福楼拜情书的对象，还是赢得了我们普遍的同情。

福楼拜对整个当代社会充满抱怨，所以他满怀激情地转向古代社会（如果生活在那个时代，他一样会不满），希望能够复兴已经在他身边消失的美。至于他是否能成功，是由现实社会决定的。他小说里描写的当代生活无疑受到他对物质厌恶的影响，但考虑到他的生活方式，除了《一颗简单的心》(*Un Coeur Sinple*)外，他竟然还能写出那么多作品来，简直是一个奇迹。他的最后一部作品《布瓦尔与佩库歇》就缺乏现实感，那是离群索居的必然结果。这就是没有信念的现实主义。布瓦尔和佩库歇这种角色只存在于福楼拜的大脑里，读者会觉得，“法国的斯威夫特”福楼拜本可以把这个核心的想法写成一场宏大的喜剧盛宴，但他却写砸了。不过，福楼拜咬文嚼字措写出来的宏大喜剧场面，也是靠想象凭空捏造的。

伦敦有很多和福楼拜具有同样想法的人。他们通常没有创意，却过于吹毛求疵，但他们对创造者（尤其是年轻创造者）有不容低估的影响力。他们在文字上精雕细琢，看起来没有受到世界的污染。他们为人性的粗糙以及粗俗感到震惊和受伤，也总是警惕着不要变得像其他人一样。他们可能让约翰逊博士大为恼火，而公正的法律使他们在屠夫陪审团的面前被某个仗势欺人的恶棍反复盘问并得到相应的判罚。如今，即使在相对强健的大脑里也能发现病态的、远离现实的福楼拜主义。最近，在一家地方剧院里，我跟一个朋友看了一场名叫《上帝不是全部》的戏剧。这个朋友是工程师，也是一个探险家，曾经为国家服务过。在现场狂热的掌声中，他在黑暗中靠过来对我说："你知道的，这种事情总是让我对人性感到羞愧。"我揣摩现场氛围，用约翰逊博士说话的风格回复了他。难道他活到了五十岁还这么盲目，需要剧院的观众告诉他人性是什么水平吗？没人有权力为人性感到羞愧。有人会为母亲感到羞愧吗？有人会为宇宙的进化感到羞愧吗？人性就是如此。通过坦率的交流，作家对这一最高事实认识越深刻，他的作品就会越好。

在伦敦有人数众多的一群人——小说家和剧作家跟他们的圈子接触不多，这群人就像高柱上的斯泰莱特①。他们对利昂·巴克斯特（Leon Bakst）、弗朗西斯·汤普森（Francis Thompson）、奥古斯都·约翰（Augustus John）、西里尔·斯科特（Cyril Scott）、莫

① 圣西门·斯泰莱特（约 390—459），叙利亚人，著名隐士和圣人，据传他在高柱之上隐修三十多年。后人以高柱上的斯泰莱特形容隐居苦修之人。

里斯·拉威尔（Maurice Ravel）、维亚尔（Vuillard）、詹姆斯·斯蒂芬斯（James Stephens）、E. A. 里卡兹（E. A. Rickards）、理查德·施特劳斯（Richard Strauss）、欧根·达尔伯特（Eugen d'Albert）等人的看法并非一文不值。他们对艺术狂热病态的兴趣也自有用处，但是他们对现实的认识不比趴在软垫上的京巴犬更多。他们永远无法接触正常生活，他们鄙视它、恐惧它。他们用微分学的方法解析政治。他们曾听过劳埃德·乔治，知道商品价格上涨以及沙丁鱼是什么；但只是因为他们必须打开报纸看艺术相关的广告和声明。作家偶尔与这个群体接触不无益处，但要抵制这种"疾病"的侵蚀，他就一定要让自己沐浴在公众生活的冰凉海水中。看在上帝的分上，让他融入公众吧！这毕竟是我们的生活，作家没必要鄙视这个悲惨星球上的任何现象。作家对普通人生活的无知经常让人震惊，但恰恰是这些人自始至终构成了艺术家工作内容的主体。

最重要的是，不要让作家以为要依靠社会改革解决业余爱好者的问题。它不是。我在第一章里就提到过普遍存在的幻觉，即人类正在遭遇危机，如果不立即采取行动，灾难就会降临。社会改革圈子很容易产生这种幻想，而拥有常识的作家无疑会强烈抵制。毋庸置疑，这是一个非常糟糕的世界，但也是一个非常好的世界。作家的职责是关注这是什么，而非这应该是什么。当所有必要的改革都得到执行，我们完美的地球将变得一片冰凉。那时，作家的责任是要在相互冲突的观点之间保持平衡，主要去记录和享受什么是……但是难道《最低工资法案》不紧急吗？当《最低工资法案》变得跟司法体系一样老生常谈时，改革的急迫性仍然诱惑着作家远远偏离他真正的道路。屈服于这些诱惑的作家就会迷失。

跋

阅读和创作有着无法切割的内在联系，因此本书在编排上选择了阿诺德·本涅特的两部独立作品 *Literary Taste*：*How to Form it* 和 *The Author's Craft*，试图给读者呈现完整的文学鉴赏路径。

读书有技巧，但没有捷径。那些读过的书，只有经过思索、琢磨、体悟，才可能内化成自己的东西，成为我们不断向外延展边界的基石。为什么阅读，从哪里开始阅读，是否还有必要阅读经典，如何系统阅读……阿诺德在书里提出一个又一个问题。如果读完本书掩卷深思时，你的内心对此已经有所触动，那么祝贺你已经走上了培养文学品位之路。

在书里，阿诺德给读者构建了一座英语文学图书馆，其中所列的大多数作品早已成为社科或文学领域的经典，滋养心灵，指引方向。以这本书为起点，游向更深更广的书海，某种意义上正暗合了作者的读书法。

不过，需向读者诸君说明，本书仅保留了阿诺德书单中的作者与书名（已有中译本的作品采用现有译名）；原文中各书的版本、定价等，则忍痛删除。这种处理，难免让本书的史料价值打了折扣，只好期待能有其他方式以飨读者。